Collection QA **compact**

Un petit pas pour l'homme

Stéphane Dompierre

Un petit pas
pour l'homme

roman

QUÉBEC AMÉRIQUE

Catalogage avant publication de Bibliothèque et Archives Canada

Dompierre, Stéphane
Un petit pas pour l'homme
(Collection QA Compact)

ISBN 10 : 2-7644-0398-4
ISBN 13 : 978-2-7644-0398-3

Publ. à l'origine dans la coll. : Collection Littérature d'Amérique.
ISBN : 2-7644-0398-4
I. Titre.
PS8557.O495P47 2005   C843'.6   C2004-941918-8
PS9557.O495P47 2005

Conseil des Arts   Canada Council
du Canada   for the Arts

Nous reconnaissons l'aide financière du gouvernement du Canada
par l'entremise du Programme d'aide au développement de l'industrie
de l'édition (PADIÉ) pour nos activités d'édition.

Gouvernement du Québec – Programme de crédit d'impôt pour
l'édition de livres – Gestion SODEC.

Les Éditions Québec Amérique bénéficient du programme de
subvention globale du Conseil des Arts du Canada. Elles tiennent
également à remercier la SODEC pour son appui financier.

Québec Amérique
329, rue de la Commune Ouest, 3e étage
Montréal (Québec) Canada H2Y 2E1
Téléphone : 514 499-3000, télécopieur : 514 499-3010

Dépôt légal : 4e trimestre 2004
Bibliothèque nationale du Québec
Bibliothèque nationale du Canada

Mise en pages : André Vallée
Révision linguistique : Diane Martin
Réimpression : novembre 2006

Imprimé au Canada

à mon père
à K.

Voici un court extrait du livre *L'étude des cycles* écrit par le Dr Maurice Liebert et publié en 1972 aux éditions Mondes Visibles :

Le même phénomène se manifeste chez les individus retrouvant leur statut de célibataire après avoir passé un laps de temps plus ou moins court en couple. Cinq phases successives sont enclenchées au moment du retour au célibat. Un enchaînement psychique immuable est ainsi mis en mouvement, et la seule variante constatée lors des tests cliniques est la durée des dites phases traversées par les sujets.

. Précisons ici que les phases se chevauchent et ne sont pas compartimentées ni délimitées par des frontières très précises. C'est ainsi qu'il peut y avoir chez un individu des comportements attribuables à une phase bien déterminée mêlés à des agissements typiques d'une phase adjacente. La phase 1 se fond progressivement dans la phase 2, et ainsi de suite. Dans les études cliniques, on ne rapporte aucun cas où le sujet aurait eu des comportements issus de deux phases non adjacentes.

Fait intéressant à noter : les individus soumis à l'étude à qui nous avons expliqué le cycle du célibat finissent eux aussi par suivre le même cheminement qui, bien que vécu de façon moins dramatique, reste tout aussi facilement observable.

Voici un bref résumé du cycle du célibat :

PHASE 1 : Phase dite du *taureau relâché,* connue aussi sous le nom de *phase du caniche en rut zignant sur la jambe du mononcle habillé propre qu'on ne voit pas souvent.*

Un sentiment de puissance sexuelle intense se développe rapidement chez l'individu, peu importe qu'il soit ou non responsable de la rupture. Les frustrations passées amènent la personne à se sentir en situation de contrôle, belle, forte et sexuellement attirante. La recherche de plaisirs sexuels avec un nombre exagéré de partenaires est le besoin systématique de cette phase, et tout le comportement du sujet est axé sur ce besoin. «Je vais tous/toutes les baiser, ces salauds/salopes» semble une expression populaire associée à la phase 1. Un excès de confiance faussant la perception entraîne une déception et un vide sexuel immenses conduisant à la phase 2 du cycle.

PHASE 2 : Phase dite du *bébé phoque impuissant faisant des petits yeux tristounets à la télé pour attendrir les vieilles madames et faire pleurer les petites filles qui tiennent un journal intime.*

C'est le moment du revirement extrême. Désemparé par ses échecs sexuels, l'individu opère un repli total sur son moi répugnant. Le monde extérieur le dégoûte et l'effraie. Il ne bougera généralement plus de chez lui, si ce n'est pour se rendre au travail. Il sera taciturne, défaitiste et parfois suicidaire, laissera le téléphone sonner sans y répondre, ne cherchera aucun réconfort auprès de son entourage. Ses perceptions sont complètement faussées et il verra tous les couples épanouis comme une attaque personnelle. L'individu se sent laid et inutile, ne faisant aucun effort de séduction, préférant se laisser dépérir. Cette phase laisse une part importante à l'abus de whisky bon marché et de crottes de fromage devant la télé en pleine nuit.

PHASE 3 : Phase dite de la *larve gluante sortant du cocon en clignant des yeux, éblouie par l'insoutenable lumière du jour.*

Encore fragile sur le plan émotif, le sujet consent tout de même à sortir de chez lui, accepte à l'occasion un souper entre amis mais évite ordinairement les soirées où il y aura des inconnus. Il veut rencontrer quelqu'un sans effort. Convaincu de n'être qu'une charogne mais acceptant le sort injuste qui est le sien, il sera souvent déplaisant avec ses proches, ne parlant que de lui et de ses malheurs. C'est habituellement la phase où est commise la terrible erreur de rappeler l'ex, dans l'espoir vague d'un rapprochement physique. Ce qui n'a jamais lieu, précisons-le.

PHASE 4 : Phase dite du *chien renifleur*, connue aussi sous le nom de *phase de la vache repue observant calmement passer un train de marchandises dans un champ, peu avant de se faire violemment ensemencer par le taureau.*

C'est le moment où l'individu accepte sa solitude et apprend à vivre avec lui-même. Étape la plus enrichissante du cycle et souvent la plus longue. C'est là que s'effectuent les changements durables dans le comportement de la personne, qui redécouvre les plaisirs simples de la vie et l'écoute active de ses semblables. Son assurance retrouvée l'entraîne souvent vers des aventures sexuelles non prévues et la vie lui semble facile. Le sujet s'accepte enfin tel qu'il est et ne cherche pas à rencontrer l'âme sœur à tout prix. Nous avons vu des gens rester en phase 4 jusqu'à la fin de leurs jours sans jamais passer à la phase suivante. Nous avons vu aussi dans cette phase des gens se jeter à poil du haut d'un balcon en hurlant, se défoncer le crâne en se tirant un coup de carabine dans la bouche, braquer des banques déguisés en clowns ou démarrer une collection de timbres. Tout est possible. Vraiment.

PHASE 5 : Phase dite du *lemming qui se balance en bas de la falaise comme tous ses amis lemmings, prouvant ainsi qu'il n'a rien compris dans la phase 4.*

La phase 5 s'étend sur une très courte période. Ayant assouvi ses désirs sexuels çà et là, l'individu ressent l'inexplicable besoin de fréquenter une personne en particulier, qu'il choisira sans aucune raison logique. Il sera très vite convaincu qu'avec cette personne il évitera les erreurs passées qui l'ont conduit au célibat. L'individu se sent alors chargé d'une mission presque divine et prendra tous les moyens possibles pour arriver à ses fins. Il occultera par le fait même les conquêtes potentielles, qui ne l'intéresseront plus du tout. Nous ne comprenons toujours rien au fonctionnement du cerveau humain.

Cette phase conduit évidemment au retour en couple, situation temporaire permettant de recommencer le cycle à partir du début.

Moi! Moi qui me suis dit mage ou ange,
dispensé de toute morale, je suis rendu au sol,
avec un devoir à chercher et la réalité rugueuse
à étreindre! Paysan!

Rimbaud, *Une saison en enfer*

Phase 1

Phase dite du *taureau relâché*, connue aussi sous le nom de *phase du caniche en rut zignant sur la jambe du mononcle habillé propre qu'on ne voit pas souvent*.

*Tu étais ma douce moitié
tu peux reprendre tes affaires
dans un accès de lucidité
je te retourne aux enfers.*

Alex *(Quelque chose de mieux, 2000)*

Aujourd'hui j'ai fait quelque chose de bien. J'ai laissé Sophie. Un 12 juillet brûlant, vraiment une journée magnifique. Quelle bonne idée j'ai eue! Et les bonnes idées ne débarquent pas souvent dans ce fouillis que j'ai sous le crâne. J'ai passé exactement un mois et quatre jours à réfléchir, analyser et faire tous les tests dans les revues pour filles. Et c'est sans parler des nuits d'angoisse et d'insomnie à la regarder dormir à mes côtés, insipide, la bouche grande ouverte, dans un silence morbide. C'est une bonne façon de savoir si on aime encore quelqu'un que de le regarder dormir bouche béante et bave coulante.

On abandonne souvent pour les mêmes raisons qu'on a aimé. La plupart des amis à qui j'en parle, pour les torturer un peu, me l'avouent. Ça leur est tous arrivé. Alors qu'un tel se pavanait en disant : « Elle et moi, on pense pareil », on l'entend maintenant dire : « Elle n'avait pas d'opinions. » Une telle affirmait : « On s'apporte beaucoup parce qu'on est différents » ; elle dit maintenant : « Nous n'avions aucun point commun. » Le « elle est si ingénue » devient « c'est une irresponsable. » Le « il est très mature » devient « il ne savait pas s'amuser ».

Il y a autour de moi une quantité innombrable de filles qui sont tombées amoureuses de mecs pour leur « côté mystérieux » et qui ont fini par les quitter parce qu'ils ne parlaient jamais de leurs émotions. Personnellement, je ne vois pas la différence entre les deux. Faudra un jour qu'elles réussissent à m'expliquer tout ça de façon cohérente et sans bégayer. L'amour a-t-il toujours une date d'expiration ? Cette fois, mon couple a tenu six ans et demi.

Une chose est sûre, c'est que ce bon vieux Joe Dassin a raison : « On s'est aimés comme on se quitte. Simplement. Sans penser à demain. » Et aujourd'hui, Joe, je t'écoute en boucle. Un peu pour remuer mes émotions, un peu pour énerver les clients.

Il n'y a que quelques flâneurs dans la boutique et j'ai tout mon temps à perdre, alors j'ai l'œil vide qui dérape vers l'horizon, je me remémore l'instant précis où j'ai su que mon amour pour Sophie n'était plus qu'un jouet brisé oublié au fond d'une malle. Ça me change presque les idées parce que je présume qu'en ce moment elle défonce à coup de couteau les meubles dans notre appartement. Elle déchire nos photos. Elle jette mon linge par les fenêtres en hurlant. Elle étripe le poisson. Elle brûle mes papiers importants (je n'ai pas de papiers importants). Elle remplit mes souliers de ketchup. J'exagère sans doute la situation, mais elle en serait bien capable, cette fille a un potentiel de destruction massive qui lui gargouille dans les tripes. Non, il ne faut pas que j'y pense trop.

C'est un merveilleux instinct de conservation qui m'a fait enfiler ce matin mon pantalon préféré et mon chandail noir le plus confortable. J'aurais dû prendre aussi mon manteau de cuir malgré la chaleur. Je l'aime bien, ce manteau, et elle le sait. Elle l'a peut-être attaché derrière sa voiture et lui fait faire le tour de la ville.

J'espère quand même qu'il me restera quelque chose à mettre dans un taxi en revenant du boulot. Je ne détesterais pas garder le poisson. Et le divan. C'est pratique un divan quand on est seul; on peut y dormir, y manger ou s'y vautrer pendant des heures en fixant les murs du nouveau logement, tout ça dans le confort. Note importante : trouver un nouveau logement.

L'instant précis où j'ai su que mon amour pour Sophie n'était plus qu'un jouet brisé au fond d'une malle

Le vent charrie un parfum de fleurs et de gazon frais coupé. Probablement le plus bel après-midi de ce mois de juin. Je me prélasse sur le balcon qui donne sur le parc, dans notre appartement du Plateau-Mont-Royal, et j'observe les filles qui déambulent à moitié nues un peu partout. Il y a les élégantes, les ravissantes, les chouettes et les mignonnes, les délicates et les gracieuses, je vois des mamelons en transparence, de jolis culs en *string* sous les shorts, des cuisses

17

bronzées, des chevilles fines, de beaux pieds, des dos mouillés, des sourires engageants. Dans le quartier, les loyers sont élevés en raison de la taxe sur les jolies filles. J'ai entre les mains un livre qui, en temps normal, m'intéresserait sans doute mais l'été, au coin de Berri et Bienville, il est impossible de lire paisiblement sur un balcon. Impossible. À moins d'être aveugle et de lire en braille. Bref, je tourne une page de temps en temps, pour éviter que les filles que j'observe se doutent de quelque chose, mais je n'ai aucune idée de ce que raconte Michel Tournier. J'ai chaud.

Ma future ex s'amène sur le balcon. Je m'extirpe de mon état d'esprit semi-comateux alors qu'elle me demande si j'ai envie d'aller avec elle dans un de ces horribles magasins à grande surface, pour acheter je ne sais quel machin. Il y a longtemps qu'elle ne vient plus me distraire en me caressant l'entrejambe avec le pied, sans souci du regard des passants, jusqu'à ce que tout ça se termine dans la chambre. C'est normal, puisque nous sommes dans les six mois de trop d'une relation, ceux où le couple ne baise plus. Il y a toujours ces putains de six mois de trop où le couple n'est plus que ten-dresse et paresse. Je finis de lire ma phrase (je fais comme si j'en avais lu le début) et je la regarde en plissant les yeux, elle est à contre-jour. Évidemment, je n'ai pas envie d'aller dans ce temple païen bourré jusqu'à la gorge de mamans l'œil hagard et de leurs grappes de morveux hurleurs accrochés à leurs jambes comme des chiens en chaleur. Évidemment, j'ai dit : «Oui, O.K., on y va!»

Me voici donc sur le siège du passager d'une Écho grise chauffée par le soleil depuis le matin. On pourrait faire cuire un gâteau des anges là-dedans. Je fouille dans les CD pour dénicher un truc qui colle à l'ambiance sans rien trouver.

J'essaie Jay Jay Johanson, Jon Spencer, rien à faire. J'opte pour une compilation d'Al Green. Beaucoup mieux. Nous sommes sur la Métropolitaine et nous filons à toute allure (5 km/h, embouteillage) vers le Super Club Mart Depot™ et c'est là, tout à coup, que m'arrive le petit éclair. Un truc qui me prend une fois tous les deux ou trois ans. Une curieuse impression de clarté inimaginable, et tout ce qui m'entoure s'efface. Je me rapproche de Bouddha. Je n'ai plus de comptes à payer, plus de souper en famille pour samedi prochain. Je ne suis plus un mec de trente ans dans une Écho grise surchauffée, parti s'acheter soixante-huit rouleaux de papier cul quadruple épaisseur, jumbo, molletonné, nouveau et amélioré, écologique, biologique, recyclé, recyclable, hypo-allergène, antibactérien, non testé sur les animaux, doux comme un petit chat tout blanc tout mignon™. Non. Je deviens capteur d'énergies, il n'y a plus que mes angoisses et moi, tout prend un sens nouveau. C'est ce que j'appelle les « deux secondes de lucidité ». Et ces deux secondes peuvent changer une vie. Carrément. C'est *Take me to the river* qui joue et mes deux secondes de lucidité me tombent dessus.

Seconde un : bordel ! mais qu'est-ce que je fous ici ? Ça fait plus de six ans que nous sommes ensemble, Sophie et moi (quelle date ? Janvier ? Février ? Maudite mémoire !), et les rares moments où nous avons du temps à nous, nous grimpons dans sa voiture pour aller nous acheter des trucs en énorme quantité ! Y a-t-il un vide que nous tentons de combler ? Pourquoi ne sommes-nous pas à l'appartement en train de baiser ? Avons-nous baisé cette semaine ? C'est quand la dernière fois qu'elle a mis la main dans mon pantalon pour me branler pendant que je parlais à ma mère au téléphone ?

19

Qu'est-ce qui se passe ici? Moi, Daniel, obsédé sexuel, que suis-je devenu? Cet été, je ne lui ai même pas encore arraché sa culotte vite fait sous sa robe bain-de-soleil pour l'asseoir sur ma verge dans notre chaise préférée (celle qui grince à chaque coup de bassin). Comment sommes-nous devenus des vieillards abstinents aussi vite sans le remarquer, sans livrer bataille contre la routine et la banalité?

Seconde deux : je travaille toute la journée, elle travaille le soir et le matin, nous ne nous voyons plus à cause de l'incompatibilité de nos horaires. Alors que faire pour passer du temps ensemble? Comment notre couple pourrait-il évoluer? Nous voilà dans une impasse. Une route à sens unique, sans issue. Elle disait, pour me faire rire, qu'elle allait m'aimer jusqu'au bout du chemin. Nous y sommes. Embourbés dans la névasse.

Et les enfants! Je sais bien qu'elle veut des enfants! Ça fait six ans que je le sais et ça fait six ans que j'évite le sujet! Nous n'avons plus vingt ans, elle va me ramener ça sous le nez bientôt et je n'aurai d'autre possibilité que de lui faire un bébé. Je ne sais même pas si j'en veux. Vais-je un jour savoir si j'en veux? Peut-être pas. Je ne pourrai pas retarder cette étape éternellement. Je ne suis plus le bon mec pour elle! Comment pourrais-je la rendre heureuse dans les dix prochaines années? Comment pourrais-je la rendre heureuse dans les dix prochaines minutes? Que fait-elle avec moi? Qu'est-ce que je fous ici? Je ne la vois plus, ni dans ma soupe ni dans l'appartement, celles que je reluque dans la rue ne lui ressemblent même plus. Je suis foutu.

— J'ai faim.

— Pardon?

Je répète : «J'ai faim, pas toi? Veux-tu aller bouffer quequ'
chose?»

C'est tout ce que j'ai trouvé pour la rendre heureuse dans
les dix prochaines minutes. Elle répond : «Si tu veux.» C'est
parfait. Elle finit par extraire sa bagnole de l'embouteillage et
nous arrêtons chez Boccaccino's. Et nous bouffons. Nous
nous empiffrons. C'est fou. Nous vivons vraiment à cent à
l'heure. Nous brûlons la chandelle par tous les bouts. Folle
jeunesse! Fuyez, bonnes gens, voici les Bonnie and Clyde des
centres commerciaux! Yeeha.

Pauvre chou, tu sais que, dans précisément un mois et
quatre jours, je te dirai que je ne t'aime plus? Ce sera un matin,
tu arriveras dans la chambre avec deux cafés au lait en me
demandant innocemment ce qui ne va pas, en me disant que
je fais une sale gueule. Et je te dirai cette phrase toute simple,
expéditive et sans retour : je t'aime plus. Murmurée dans un
souffle léger mais que tu entendras très bien, sans comprendre
tout à fait que notre futur vient de changer à jamais avec une
simple phrase mal construite de quatre mots où il manque la
négation. Tu saisiras très bien ce que je veux dire malgré
l'absence du «ne».

Je te regarde dans les yeux en terminant mon sandwich, je
souris comme je peux, mais j'arrive à peine à faire semblant.
Je me sens aussi ridicule avec ce sourire décoratif que si je
l'avais découpé dans du carton pour me le coller sur la gueule.
Je baisse les yeux, je regarde ailleurs, les quelques clients, le
vide. Je ne sais plus quoi te dire, mon ange, ma sirène d'eau

douce! Je me sens mal, j'aimerais crever comme un chien en ce moment, crever seul dans un coin plutôt que d'avoir à trouver le courage de te dire les mots qui briseront six ans de bonheur. Je n'ai pas envie de te faire du mal, tu ne mérites pas qu'il t'arrive malheur. Ça me prendra un mois et quatre jours pour réussir à t'avouer ce que j'ai compris en deux secondes. Et j'aurai le culot de te dire que c'est pour notre bien à tous les deux. Tu me détesteras, ma petite salamandre, et tu auras bien raison. Je suis un salaud et je n'y peux rien, je fais partie de ces bêtes qui rôdent dans la ville les couilles chargées de testostérone, prêtes à tirer. J'ai envie de jouer avec des nouvelles bébelles, j'veux d'la nouveauté sous mon sapin de Noël. J'suis un esti de macho. J'veux toutes les filles dans mon *one-man-show*. J'suis débile hein? Je la perds correct, la boule, hein? Veux-tu que je t'en dise d'autres, des niaiseries de même, si ça peut t'aider à m'oublier? En cinq mots: je ne t'aime plus. En quatre: j't'aime pus! En trois: c'est fini! En deux: j'décrisse!

□ □ □

Je suis presque déçu en revenant «chez moi»; il n'y a rien de cassé, les photos sont intactes et les itinérants du quartier ne se battent pas pour mes vêtements dans la rue. Sophie est partie pleurer dans les bras de sa sœur pour la fin de semaine. Elle m'a laissé un petit mot sans insulte pour me l'annoncer. Tout ça m'étonne un peu mais bon, je ne vais pas lui reprocher de ne pas être une maniaco-dépressive hystérique. Et puis nous avons le temps, elle aura sûrement envie de m'enfoncer un couteau dans le ventre un peu plus tard. Mes amours finissent inévitablement dans les cris, les larmes et le bruit d'objets lourds lancés sur les murs. Ce genre de trucs. Les gens deviennent fous quand on ne les aime plus.

Pas question de dormir ici.

J'entasse tout ce que je peux de vêtements dans mon sac à dos, je passe à la pharmacie acheter le journal et une caisse de boisson vitaminée au chocolat et je me rends au *bed and breakfast* du coin de la rue. Il reste une seule chambre libre. Je remplis les papiers d'usage et quand la propriétaire me demande d'où je viens, simplement pour faire la conversation, je lui montre mon appartement du doigt en lui donnant l'adresse. Je vois tout de suite qu'elle me prend pour un dingue. Elle tient sa robe de chambre bien fermée malgré la chaleur, les bras frileusement croisés, et me regarde monter à ma chambre. Elle va peut-être me dénoncer aux flics : individu suspect venant de laisser sa copine. Il est dans la 103, ne prenez aucune chance, tirez à vue, il est sûrement dangereux. Je m'ouvre une boîte de boisson vitaminée et je fouille les petites annonces à la recherche de mon nouvel appartement. Il n'y a rien. Rien. Je sors et je cours m'acheter un *six pack* de Sleeman Dark (l'originale, dit-on) pour oublier tout ça. Je regagne silencieusement ma chambre sans me faire flinguer et j'oublie tout ça. Vite fait. Je m'endors avec la télé qui me joue l'hymne national, pas de garde-à-vous pour moi.

Je m'éveille très tôt, à la télé un dinosaure harcèle de jeunes enfants. Je me lève en vitesse pour éteindre, surpris de ne pas avoir un mal de tête de lendemain de veille. Je m'étends sur la moquette (qui sent le vieux caniche édenté) et je fais des tonnes et des tonnes de redressements assis, avec l'intention de me tailler un ventre d'acier tout en muscles une fois que ma graisse d'homme-en-couple-évaché-devant-la-télé aura fondu. Personne ne me donne mes trente ans habillé, je ne veux pas en paraître soixante-dix tout nu. Surtout que j'ai bien l'intention de me mettre à poil devant la première demoiselle consentante venue (et toutes ses amies) pour abuser allègrement des joies du sexe. Il faut bien vivre son deuil d'une façon ou d'une autre, et c'est tout ce qui me vient à l'esprit.

J'arrive au travail le premier, avec du café pour tout le monde. Rasé, souriant, bien habillé, j'ai l'air d'un individu tout à fait normal. Laurie et Janet, qui travaillent avec moi ce matin, soupçonnent tout de suite quelque chose. J'ai le sourire louche. Je leur explique la situation, décontracté, tu veux un sucre? Non, non, ça va, vous savez, c'est moi qui l'ai laissée, je vais bien, ça m'enlève un poids des épaules, ne vous inquiétez pas, tout va super! Je les rassure, mais ce sont des filles, je vois bien qu'elles ont pitié de moi. Elles aimeraient me faire comprendre que je ne me rends pas compte, que je reste calme seulement parce que je n'ai pas encore conscience de ce que j'ai fait. Elles cherchent du drame. Je laisse tomber et je me sauve dans l'arrière-boutique pour tripoter un peu de paperasse, déplacer des chemises, ouvrir un classeur, déplier un trombone. J'allume l'ordinateur, question de voir s'il y a un logement pour moi sur Internet. «Vous pouvez mettre Kravitz?» que je crie à mes délicieuses disquaires. Laurie trouve ça un peu raide pour commencer la journée, Kravitz, mais j'entends *American woman* qui décolle. J'ai le moral gonflé comme un ventre d'Éthiopien affamé, et chacun des *gling-gling* de la porte d'entrée est une baise potentielle pour le nouveau célibataire que je suis. Le monde est à moi.

Gling-gling. Un jeune voleur. *Gling-gling.* Une petite vieille. *Gling-gling.* Un papa et sa fille. *Gling-gling*, je regarde, je ne veux rien manquer. Oh? Jolie fille! Bah! Je décide de la snober, il y en aura d'autres plus jolies. J'en suis à mon septième appartement à louer déjà loué. Le huitième est encore libre, je prends rendez-vous pour le visiter en après-midi. Merveilleux. La jolie fille est encore là, je me lève pour aller l'aider. Elle me repère de loin et baisse les yeux, elle n'aime pas les vendeurs, c'est normal, nous nous comprenons, elle et moi, c'est l'harmonie déjà. Elle répond un «non merci» de moins en moins poli à chacune de mes questions. Je n'insiste pas (il y en aura d'autres, des filles! Plein d'autres!) et je m'immisce dans la conversation de mes deux charmantes disquaires-amazones qui parlent de règles et de tampons. Je me contente d'acquiescer une fois de temps en temps d'un bref signe de tête, je ne m'en mêle pas trop. J'ai un discours assez limité quand on parle tampons. Et on ne semble pas avoir besoin d'un avis masculin sur la question. Je m'éloigne en me grattant la nuque, avant qu'elles se remettent à trouver que je fais pitié.

Je finis par travailler un peu, finalement, en attendant l'heure de la visite.

Laurie me prête son vélo pour aller visiter le logement. La dame qui le loue est bien gentille, je fais quelques blagues de bon goût pour l'amuser un peu. Je vends des disques depuis tellement d'années que j'ai appris à me vendre aussi. Elle cherche quelqu'un de tranquille. Pas très original. Je lui parle surtout de ma passion pour la lecture et change vite de sujet lorsqu'elle émet l'hypothèse qu'un gérant de magasin de disques, ça doit avoir beaucoup de disques. À peine. J'enlève un zéro au nombre pour ne pas l'affoler. Elle me fait visiter un demi-sous-sol sans lumière et sans balcon. Un genre de petit studio où tout ce qu'on possède s'entasse dans la même pièce. Heureusement, je n'ai rien. C'est l'ex qui avait du fric et pas moi. Le poêle et le frigo sont inclus, ce qui fait mon affaire côté budget. L'appartement est dans le seul quartier que j'ai envie d'habiter et nous sommes en pleine crise du logement, alors je fais bien attention d'être le plus lèche-cul possible. Il me faut cet appartement même s'il est moche. Elle me promet une réponse pour le lendemain en fin de journée. Je file à vélo jusqu'à ma boutique de meubles préférée, spécialisée dans les objets des années soixante. Je m'offre à crédit un mobilier vraiment *cool*. Et vraiment au-dessus de mes moyens. Cet appartement sera dédié à la baise, il se doit d'être attrayant. Date de livraison réglée, dans deux jours je serai chez moi, dans mes meubles. J'appelle Nicolas qui accepte avec plaisir de m'aider à déménager les quelques babioles que l'ex m'a laissées, estomaqué d'apprendre mon retour au célibat. Je suis vraiment merveilleux, côté organisation. Si la petite dame rejette ma candidature, j'aurai un sérieux problème. J'ai acheté la peau d'ours avant d'avoir le foyer.

Je suis de retour à la boutique juste à temps pour la fermeture. Je ne sais pas si j'imagine des choses, mais les deux filles ont l'air de parler encore de règles et de tampons. Elles m'interrogent sur la grandeur du logement (petit), les couleurs des murs (blancs, ils sont tous blancs), la grandeur du bain (je ne me souviens plus s'il y a un bain), le nombre de fenêtres (euh… Je n'ai qu'un genre de hublot), elles ont bien hâte de visiter mon nouveau chez-moi. Je les mets en garde en précisant que ce sera un temple dédié au stupre et à la fornication, ce qui n'a pas l'air de trop les déranger. J'en prends note. Héhéhé.

◻ ◻ ◻

Je profite de mes «vacances» dans ma petite chambre du *bed and breakfast*. Ma pizza fut délicieuse, il m'en reste une large pointe pour grignoter devant la télé (avec le câble!). J'ai ma bouteille de Southern Comfort, que je débouche à l'instant, et trois nouveaux bouquins. J'hésite entre Eduardo Mendoza, Fernand Montagne ou les poèmes de Rainer-Maria Rilke. Finalement j'ouvre la télé. Après tout, c'est un luxe que je n'aurai plus dans quelques jours. Je pense à Sophie, évidemment. Je me demande ce qu'elle fait à cet instant précis, si elle est comme moi devant la télé à chercher un truc qui lui changera les idées. Je ne suis pas habitué à rompre. C'est même la première fois. J'ai plutôt pris la bonne habitude de me faire larguer en plein vol par les filles. Et on me fournit rarement un parachute.

Pour éviter de faire une bêtise, je débranche le téléphone et je le balance dans le corridor. J'augmente le volume de la télé, on est en train d'y vendre un mobilier de style colonial dont la laideur me fascine. Quand je n'ai plus envie de penser, il n'y a rien de mieux que les débilités du petit écran.

À mesure que je me soûle, j'oublie ce qu'il y a de pathétique à boire tout seul du Southern Comfort à même la bouteille dans la chambre d'un *bed and breakfast*. Je pense de moins en moins à Sophie, c'est une bonne chose, alors je continue. J'ai réussi à caler la télécommande sous le matelas et toutes les deux secondes on passe à la chaîne suivante. Quarante-quatre chaînes en boucle, quatre vingt-huit secondes et tout recommence. Il y a de la musique country, du techno, du rétro francophone, deux films avec Bruce Willis, un feuilleton pakistanais, on me donne la météo une chaîne sur sept, je peux acheter des voitures, des bijoux, six appareils de musculation différents, j'ai les nouvelles des sourds, Rita Mc Neil en concert, un massacre, un déraillement de train, un écrasement d'avion, un bon paquet d'enfants disparus, un Michel Drucker, une opération à cœur ouvert, la vie secrète des tigres, la vie secrète des araignées, la vie secrète de Guilda, Bruce Willis qui vend des appareils de musculation à cœur ouvert dans un feuilleton pakistanais. Parfois je regarde les murs pour me reposer les yeux. Ma tête ou la chambre tourne. Je ne sais pas. Je ne sais plus.

Je reviens de la salle de bains (où j'ai trouvé une pointe de pizza, je suis content) et un truc capte mon attention. Pas longtemps, la télécommande est toujours sous le matelas. Le temps que je réussisse à la décoincer sans échapper la pizza, nous sommes déjà quinze chaînes plus loin. J'avais bien vu. Je m'assois sur le bout du lit et je ne bouge plus, effrayé.

Ce bordel d'écran cathodique contrôle mes pulsions sexuelles depuis mon enfance.

La gent féminine m'attire. Oh que oui! Miam miam. Les châtaines, les brunettes, les petites, les grandes, les minces, les potelées. Mais je me suis fait, bien malgré moi, un portrait assez précis de la femme idéale. Ce qui, bien entendu, ne m'empêche pas du tout de tomber amoureux de filles merveilleuses, qui ne correspondent pas du tout à ce modèle. Je connais beaucoup de gens ayant fabriqué leur petit modèle idéal et qui acceptent de me le décrire, après beaucoup d'hésitation et un peu d'alcool. J'ai même surpris certaines conversations de mes disquaires-amazones assez explicites sur le sujet, entre deux causeries-tampons. Bref.

La fille qui vit au fond de mon crâne est rousse. Une rouquine avec de grands yeux vert pomme, le teint pâle et des taches de rousseur. Un visage espiègle de gamine, mais avec une certaine assurance sexuelle dans le regard. Un corps athlétique avec des rondeurs aguichantes. Curieuse, indépendante, avec un côté garçon qui fait qu'elle affronte ce qui lui arrive. Habillée un peu bizarrement, un mélange de féminité et de son contraire. Jouant d'un instrument de musique, un truc classique, du violoncelle ou du violon. Jusqu'ici il n'y a pas de problèmes, j'ai un fantasme assez normal et même un peu cliché. Je l'avoue. Ce qui m'angoisse, c'est que cette fille existe.

À la télé.

Et qu'aujourd'hui elle doit bien avoir quatre-vingts ans.

Elle s'appelle Fifi Brindacier. À chaque Noël de mon enfance, j'attendais le retour de Fifi à la télé, les babioles emballées sous le sapin m'intéressaient à peine. Le gros barbu dans son village de carton avait beau me promettre des jouets merveilleux en me serrant trop fort (et en ne me donnant, au bout du compte, rien d'autre qu'un suçon et une tape sur la cuisse), il ne pouvait rivaliser avec Fifi. Elle est tout ce que j'aime. Elle joue du violon. Elle se bat pour défendre ses amies. Rousse. Pulpeuse. Indépendante. Elle a tout. Ça fait plus de vingt ans que j'aime une fille de pirate qui parle à son cheval. La télé m'a lavé le cerveau. Et si maintenant je déteste les singes, ne serait-ce pas parce que je suis jaloux de ce macaque libidineux qui grimpait toujours sur ma douce Fifi?

Saleté de macaque.

Saloperie de télé.

Ce mutant cathodique à un œil et quatre pattes me suce les neurones depuis l'époque pré-télécommande, et je ne m'en étais jamais rendu compte. Je débranche la télé et je la roule sur son meuble jusque dans le corridor, à côté du téléphone qui traîne par terre (avec dedans mon ex que je n'appellerai pas). Ça me soulage à peine, il est trop tard, je sais que le mal est fait. Je frémis d'horreur juste à penser à Benji. Et à Flipper. Et à Dukes of Hazzard. Bon sang. Je vais faire des cauchemars, c'est sûr.

◻ ◻ ◻

Elle a dit oui. J'ai eu l'appartement. Ma signature sur le bail a séché pratiquement en même temps que la première couche de peinture. La dame ne comprenait pas trop comment j'avais pu m'organiser aussi vite. Après deux jours à placer et déplacer les meubles, à mettre le bon cadre au bon endroit, à modifier l'éclairage, le baisodrome était opérationnel. Mon crédit l'était un peu moins. J'y ai mis le prix, mais mon *Bachelor Pad*, façon années soixante, est impeccable. Et je n'hésiterai pas à m'en servir.

◻ ◻ ◻

Un verre de vin bon marché à la main, je souris. Elles sont toutes à croquer, Alex ne pouvait choisir meilleur temps pour m'inviter ici. C'est une grande soirée pour Pouffiasse (nom fictif) qui lance ce soir son deuxième disque. Tout le crottin artistique est réuni pour célébrer le retour de cette nullité chantante. Elle est de ce type de fille qu'on aimerait tripoter dans un coin mais pas présenter à ses amis. Elle n'a rien de ce qui fait les jolies femmes (et je ne parle pas seulement de Fifi Brindacier), mais son gérant, Chacal (nom fictif), l'a brillamment transformée en objet sexuel. Nous avons la paix, Alex et moi, tous les mecs présents tentent de l'épingler dans leur collection, ce qui nous permet de choisir parmi leurs petites amies. Des effluves de parfums de luxe nous passent sous le nez, on pourrait les remettre en bouteille tellement ils sont concentrés. Un serveur en habit de gala nous offre des canapés que nous bouffons avec le petit doigt en l'air, nous faisons les types qui n'en ont rien à foutre. À vrai dire, nous n'en avons rien à foutre.

La vinasse rouge diluée à l'antigel commence à produire son effet, nous devenons plus entreprenants. Les filles nous disent bonjour simplement parce qu'elles ne savent pas qui nous sommes. C'est la règle des lancements de disques. Elles sont pour la plupart en quête d'un emploi dans une compagnie de disques ou d'un mec branché avec qui passer Noël. Ou les deux. Alex tend un verre en plastique à une fille aux allures de vedette rock malgré son look très simple, un jean et une blouse noire. Une gueule de fonceuse, grande, avec une mèche de ses cheveux châtain pâle lui effleurant l'œil. Elle est sublime. Ils éclatent de rire en désignant un truc que je ne vois pas. Elle fait glisser sa mèche de cheveux derrière son oreille et se rapproche de lui, curieuse. Elle prend sa cigarette à moitié consumée et la pose sur les lèvres d'Alex. Il lui touche l'épaule et ils disparaissent à l'autre bout de la salle. Mais comment fait-il? Me voici seul au combat. J'en perds un peu mon entrain. Ça fait un bail que je n'ai pas été disponible sur le marché de la chair et de l'amour, je ne me sens plus vraiment dans le coup. Je m'approche en douce d'un vinier de rouge et je me verse quelques verres. Il est vide quand je repars (complètement bourré) vers deux filles qui ne se doutent pas qu'un requin fonce vers elles. Il fonce lentement, le requin, il titube, mais il y va. Quelqu'un se décide enfin à arrêter le disque de Pouffiasse qui tourne en boucle depuis que nous sommes là. Donnez à cet individu le prix Nobel de la paix!

Silence.

Un vieux bouffi avec une queue de cheval nous annonce fièrement que Pouffiasse va interpréter *devant nos yeux éblouis* quelques chansons. Super. Les deux filles me regardent, je n'ai plus aucune idée de ma phrase d'approche. Dans mon esprit s'agitent des formes et des couleurs, mais rien qui ressemble même un tout petit peu à une phrase d'approche. Je déteste les phrases d'approche. Le problème, c'est que j'approche et j'approche encore. Sans phrase. Le bouffi m'a déconcentré. J'ai comme qui dirait l'air un peu bizarre en ce moment. J'essaie de sourire un peu, mais je me rends compte que je souriais déjà, alors je dois avoir une gueule pas possible. Elles ont les sourcils en accent circonflexe et je suis incapable d'arrêter de sourire, je crois que je suis coincé dans cette position atroce pour le reste de mes jours. Je souris du dehors, mais je grimace du dedans. J'aperçois le signe qui indique les toilettes des hommes alors je ne ralentis pas. Je leur fais un bref signe de tête en les croisant et je marmonne un «s'cusez moi» pathétique, les lèvres collées aux dents. J'emprunte le corridor qui mène aux toilettes et je pousse une porte un peu au hasard. Une femme à côté de moi se maquille, elle me regarde, hurle d'horreur devant mon rictus de maniaque et court vers la sortie, court dans la rue, court vers l'horizon en suppliant que je l'épargne. Je comprends assez vite que j'ai confondu le petit monsieur et la petite madame sur les portes et je retourne dans le corridor. J'essaie une deuxième porte qui ne semble pas être la bonne non plus, puisque je glisse et déboule cinq marches en métal. Couché sur le ventre dans une ruelle, j'ai encore à la main mon verre de plastique. J'ignore comment je m'y suis pris, mais il reste une gorgée de vin à l'intérieur. C'est la première fois de ma vie que je bois couché sur le ventre dans une ruelle.

Il me vient la bonne idée de retourner à la maison. Je crois que j'en ai assez fait pour aujourd'hui. Je distingue vaguement Alex qui me relève, la fille aux cheveux châtains qui reboutonne sa blouse, un taxi et puis plus rien.

J'ouvre un œil et je constate avec soulagement que je suis à poil sur mon lit. Soulagé de n'être pas à poil dans une ruelle, j'ouvre l'autre œil. Mes vêtements sont répandus partout sur le sol et j'aperçois mon verre de vin en plastique. Aucune idée comment j'ai réussi à me traîner jusqu'ici. En me levant, je mets le pied sans faire exprès sur la copie promotionnelle du disque de Pouffiasse. Je l'écrase encore un peu, en faisant exprès. J'avale coup sur coup quatre verres d'eau (dans mon verre en plastique) et je me prépare un bol de café au lait. J'inspecte en détail mon nouvel environnement en attendant que ça chauffe. C'est tout de même pas mal. Il n'y a qu'une pièce, mais il faut croire que j'ai l'œil, tout semble à la bonne place. Il y a du rangement partout et mes meubles n'occupent pas tout l'espace. Je ne possède pas grand-chose à vrai dire ; un genre d'environnement zen par manque de budget. Pas d'ordinateur, pas de télé (oh non, plus jamais de télé), rien que des CD, des livres et quelques meubles. Pour remplir un peu, j'ai placé ma guitare dans un coin même si je n'en joue jamais. Alex a bien essayé de m'apprendre deux ou trois trucs, mais rien à faire, ce n'est pas avec ça que je vais impressionner les filles. J'enlève le cheveu blond qui se fait bronzer sur la mousse de mon café. Je le déguste avec un réel plaisir. Mon café, dans mon bol, chez moi, dans mon quartier. J'ignore à qui est le cheveu blond.

La douche est une torture. L'eau alterne de chaude comme les fleuves de l'enfer à froide comme une couille de pingouin sans donner d'avertissement. Je cours comme un dingue dans tous les coins du petit bain en hurlant pour éviter le jet d'eau, le rideau de plastique me colle aux fesses et je remarque qu'il n'y a rien pour m'accrocher et ralentir ma chute lorsque je glisse sur le savon. Quelle merveilleuse façon de se réveiller.

Je m'habille avec les quelques vêtements propres qui me restent. Il est impensable de retarder ma première visite à la buanderie un jour de plus. À moins de me rendre au travail demain vêtu d'un cache-sexe en polyester léopard trop petit, d'une chemise à carreaux et d'un pantalon trop court. Non.

Lorsque j'étais un couple avec laveuse-sécheuse, j'imaginais les buanderies comme un lieu de plaisir charnel et de rencontres inoubliables. Comme une pub de jeans, de beaux jeunes gens assis sur les laveuses dispersées dans un champ, à jouer de la guitare et à chanter dans l'odeur de lavande. Décor de draps blancs flottant au ralenti. Grandiose. L'endroit parfait pour aborder sans gêne une délicieuse petite étudiante qui ne cherche qu'un prétexte pour aller dormir ailleurs que dans sa piaule miteuse, avec ses deux colocs qui lui bouffent ses biscuits Oréo en cachette.

C'est donc avec étonnement que je pénètre pour la première fois dans ce lieu mythique. *Lavorama machines géantes.* Déjà avec le nom, je m'éloigne du romantisme de mes visions. Un endroit sordide, à vrai dire. Il y a un homme qui termine sa trentaine en lisant le dos d'une boîte de savon en poudre. Il semble déprimé. Très très déprimé. Dans un coin, deux vieilles dames comparent les rabais dans les circulaires des épiceries. Elles regardent tout et tout le monde, on pourrait croire qu'elles viennent ici pour se désennuyer. Il n'y a pas d'étudiantes aventureuses, mais je reste optimiste. Assis près de la porte, je me souviens que mon livre est resté sur le comptoir, chez moi. C'est dommage, car je comptais beaucoup sur Rainer-Maria Rilke pour me donner un air décontracté, nécessaire pour bien s'affirmer dans le microcosme sensuel des «lavoramas». Une petite fille blonde s'arrête devant moi, m'observe, craintive, et se met à pleurer. Sa maman la tire par le bras et retourne plier des culottes sans couleur précise, grandes comme des tentes de cirque. Je m'écarte pour éviter que la petite me colle une de ses crottes de nez sur le pantalon en passant.

Je me rends compte que j'ai été naïf. Avant d'entrer dans cet endroit crasseux, il me faudra inspecter davantage la faune qui s'y trouve. Pas de jolies filles, pas de lavage.

Le banc est dur. Les revues féminines datent pour la plupart de l'époque du Perrette, de Croteau et de Ponderosa. Ou d'avant. Je me risque à en prendre une. Conseils beauté, nouveau look pour émoustiller votre homme, article sur l'orgasme en solo (faites-le, disent-ils), recettes pour le réveillon de Noël. Une rouquine les seins à l'air annonce des sous-vêtements. Je replonge dans la pile, au hasard. Mai 1988, conseils beauté, nouveau look pour satisfaire encore plus votre homme, article sur l'orgasme solo (c'est bon pour vous, disent-ils), recettes pour la randonnée en montagne.

Mais qu'est-ce que je vais devenir? Je vais probablement crever d'ennui dans cette buanderie et on ramassera mes restes poussiéreux dans cent ans.

Un vieux garçon bedonnant au cheveu rare plie avec une étonnante délicatesse des petites culottes féminines avec ses doigts de bûcheron. Il sort la langue. Il grogne un peu. Il semble travailler ici, il va et vient dans l'arrière-boutique pour monter le volume de la télé, baisser celui de la radio. Il retourne aux petites culottes. Il sort la langue. Il grogne. Il rote. C'est sûrement un tueur en série.

Mes fringues enfin dans la sécheuse, je m'assois près d'elles et je les regarde tourner. Un bas. Un pantalon noir. Un bas. Un chandail noir. Un bas. Il y a quelque chose de très zen à regarder tourner son linge dans la sécheuse. Ça aide à faire le vide, à se concentrer ardemment sur les choses essentielles de la vie. Mais ce ne sera pas pour aujourd'hui parce que j'ai eu beau bourrer le ventre de cette sécheuse de toutes les pièces de monnaie qu'il me restait, ce n'était pas assez. Je repars avec des vêtements qui sécheront lentement, étalés dans tous les coins de mon appartement. En répartissant mes bas sur les étagères de livres, je constate que l'exode a bel et bien commencé : il en manque un. Où donc vont les bas lorsqu'ils disparaissent?

J'ai perdu un bas.

J'ai perdu un bas et c'est l'événement le plus excitant de ma journée.

□ □ □

Décontenancé par mes piètres performances sexuelles, je décide de m'impliquer sans attendre que le hasard fasse bien les choses. Les astres ne me semblent pas favorables et je n'ai pas envie que cette chose recroquevillée dans mon pantalon sèche et finisse par tomber. Le tigre recule pour mieux bondir ; assez reculé, il est temps de bondir maintenant. Mais je ne suis pas sans savoir qu'un tigre casanier occupé à grignoter le même os depuis six ans manque un peu de pratique. Il s'agit donc de choisir une cible facile.

C'est le moment d'aller voir Nancy.

Elle travaille tout près de la boutique, dans un resto dont j'oublie toujours le nom. C'est elle qui nous prépare le café, aux disquaires-amazones et moi, le vendredi et les fins de semaine. Avant je l'achetais chez Lucas, leur café est bien meilleur, mais ils n'ont pas de serveuse qui me déshabille du regard en se mordillant la langue, comme Nancy sait si bien le faire. Tant pis pour eux. Et puis elle a l'avantage d'être rousse, j'en fais donc une priorité. Son petit sourire et ses grands yeux sont tout à fait charmants. Elle a aussi un petit accent dont j'ignore la provenance, c'est mignon comme tout. Ma vocation de mélomane m'oblige à fréquenter des voix musicales et des rires enchanteurs. Quand on me présente une fille au physique parfait avec une voix d'autruche bègue, je passe mon tour. Et de toute façon je n'aime pas les physiques parfaits non plus. La beauté est une combinaison de petits défauts touchants.

J'arrive avec mon sourire «faisons semblant de rien». Elle est à sa pause, assise devant le journal, tout sourire de me voir arriver. Je me ramasse en vitesse un café filtre et je reviens près d'elle.

— Vous êtes seule, gente dame, ou un galant vous réclame? (Je suis vachement classe quand je m'y mets.)

— Mais assoyez-vous, jeune homme, je vous en prie.

— Serait-ce impoli de garder mes verres fumés, jeune lectrice? Je crois que vos grands yeux ce matin m'éblouissent.

— Hihihi. Arrêtez, bandit de grand chemin!

— Chaque rire de votre personne est si beau qu'il me désarçonne!

— Mon Dieu, vous me faites rougir! (Elle rougit pour vrai.)

— Mais le rouge à vos joues m'est un plaisir si doux!

— Vous êtes en forme ce matin, Daniel, il vous pousse des ailes!

— C'est que vos jolis yeux m'ont charmé, accepteriez-vous un dîner?

— J'accepte de vous voir, soyez libre ce soir.

— Je braverai tous les dangers. Vous finirez à six heures, pour mon grand bonheur?

— Six heures.

Je me lève et repars avec mon café. La rime, c'est mon arme secrète, je tiendrais à ce jeu pendant des semaines. On n'écoute pas de la musique pop dix heures par jour sans que ça laisse des traces. Je lui pose la main sur l'épaule et lui murmure un «bon midi, Nancy» plus terre à terre en sortant. La scène s'est jouée si vite que Nancy doit tout juste commencer à comprendre que je viens de l'inviter à souper alors que j'arrive à la boutique. Le tigre. Le tigre est de retour, fuyez, bonnes gens.

Les disquaires-amazones me voient arriver et comprennent tout de suite qu'aujourd'hui, j'ai la forme. Je fais un arrêt dramatique à l'entrée, la porte se referme derrière moi. J'ouvre les bras en croix. On me regarde, l'œil rond et le sourcil en l'air. Je dis d'une voix forte : « Bonjour à tous, bon matin, bienvenue chez Scratch, ouvert pour vous depuis quinze ans ! » Les respirations reprennent, la vie continue, je m'installe derrière le comptoir et je déguste mon café. Ève et Marie-Andrée s'approchent doucement et me disent bonjour. Pourquoi, quand je vais bien, les gens me prennent-ils pour un dingue ? J'inspecte la clientèle du magasin et je souris avec assurance.

— Ce matin, j'en vends dix en trois minutes, je déclare.

Ève s'étouffe avec son thé. Marie-Andrée éclate de rire. Elle fouille mon regard inébranlable et cesse de rire. Elle plisse les yeux, comme dans les duels de la rue principale des films de Sergio Leone. Les chiens courent se cacher. Les vautours, loin dans le ciel, tournoient lentement.

— Impossible, *Deejay* ! elle me dit.

J'ai acquis ce surnom ridicule simplement à cause de mes initiales.

— Et pourquoi donc ?
— Il en reste seulement neuf en stock.

Je plonge mon regard jusqu'au fond de son crâne, j'avale une gorgée de café et je me lève de mon banc, sans cligner des yeux.

J'ouvre le tiroir des CD, je plonge la main dedans et, sans y jeter un regard, je brandis triomphalement le disque à bout de bras. Je dépose un billet de vingt dollars sur le comptoir, elles déposent deux billets de dix. Nous n'avons jamais parié autant. D'habitude je me risque avec un dollar ou deux, mais aujourd'hui j'ai remarqué un détail qu'elles n'ont pas vu. Héhéhé. Le disque de Christophe se fait bouffer par le lecteur CD. Je monte le son. À fond la caisse, soyons grandiose! Tenez-vous bien, mesdames!

Il y a deux Asiatiques dans la boutique. Un dans la section classique, l'autre dans la section chanson française. La guitare et la batterie commencent, avec la voix féminine. Victime numéro un : Asiatique dans la section classique. Ses doigts boudinés arrêtent spontanément de gigoter au-dessus des disques de Beethoven. Il me regarde. Il a l'oreille, Christophe n'a même pas encore chanté. Le voici :

J'avais dessiné sur le sable son doux visage…

Victime numéro deux : Asiatique dans la chanson française, n'est pas encore gagné… Attention… Soyons patient, il est du genre à reconnaître une chanson seulement au refrain. J'attends, j'ai confiance.

… qui me souriait. Puis il a plu sur cette plage dans cet orage elle a disparu…

Envoyez le refrain!

Victime numéro deux sort enfin de son coma, il a reconnu LA chanson. Au cours des ans, j'ai fini par me convaincre que la chanson *Aline* est l'hymne national japonais. Si elle ne joue pas avant toutes les parties de base-ball au Japon, je suis assuré en revanche qu'elle est chantée en japonais dans tous les putains de karaokés de la planète. Victime numéro un s'approche.

— Salut, Daniel! Dis donc, je cherche ce disque depuis longtemps! Tu en as beaucoup en stock?

— Je vous vends les neuf copies qu'il me reste, Mister Ly! Et les affaires vont bien chez vous?

Je vois mes deux adorables disquaires-amazones encaisser la défaite, elles croisent les bras et me dévisagent. Monsieur Ly est gérant d'une boutique d'électronique au centre-ville. Il achète toujours en quantité les disques qu'il fait jouer en démonstration dans ses chaînes stéréo, parce que les clients finissent souvent par vouloir le CD qui les a convaincus d'acheter une chaîne hors de prix. Je reviens avec les neuf copies et je lui montre le prix dérisoire (huit dollars quatre-vingt-dix-neuf, prix budget Philips), il en rougit de bonheur. Victime numéro deux est maintenant au comptoir, je le regarde, prêt pour sa question, que je connais déjà : qui chante ça?

— Bonjour! Qui chante ça?

Il indique le ciel comme si la musique venait du paradis.

— C'est Christophe, la chanson *Aline*. Vous êtes chanceux, il me reste une seule copie, celle qui joue en ce moment. Je vous la vends seulement huit dollars quatre-vingt-dix-neuf, mais c'est bien parce que c'est vous ! (Je ne l'ai jamais vu ici, mais pour qu'un client devienne un régulier, il suffit de le traiter comme un régulier dès sa première visite.)

Ève s'active à la caisse, ching-ching, ching-ching, et on te met du Christophe dans les sacs. J'empoche le fric. Deux clients heureux. Deux jolies filles impressionnées, vingt dollars de plus en poche. La journée s'annonce belle.

C'est à peine croyable, mais avec cette action digne des films de kung-fu les plus enivrants, le temps perdu à travailler s'écoule sans qu'on l'ait vu passer. Je donne aux clients tout ce qu'ils cherchent sans répit, fendant l'air de mes bras agiles en faisant des « fliiishh » et des « whoosh ».

Je suis le tigre. Plus rien ne m'effraie. Tous les autres mecs peuvent aller se faire voir.

Ce soir, je baise.

□ □ □

C'est ainsi que je me retrouve, quelques heures plus tard, assoiffé de sexe devant un pavé de bœuf saignant. Nancy est là aussi, elle s'est plainte de longues minutes que tout ce qu'il y a sur le menu est engraissant. Elle donne mollement quelques coups de fourchette dans sa salade (quatre-vingts calories) avec l'appétit d'une oie gavée (juste avant le coup de hache, quand elle sent bien qu'il se passe quelque chose de pas normal). Elle est belle, elle sent bon, elle se soûle sans ménagement avec mon Wolf Blass d'Australie, comme je l'avais espéré. J'aime la façon dont elle joue dans ses cheveux, un peu gênée. J'essaie de saisir dans son regard un signe qui m'indiquerait qu'elle se laisserait bien empoigner le popotin au fond d'une ruelle avec ma langue au fond de sa gorge (zéro calorie). Quelque chose de facile à déchiffrer. Parce qu'en général je ne sais jamais si une fille me désire, à part peut-être quand j'entends le son de ma fermeture éclair qu'elle descend.

Je regarde par la fenêtre en attendant de me trouver quelque chose à dire, nous sommes encore un peu inhibés. Un clown à l'air désaxé se colle le nez à la vitre, tout près de mon visage, et sans cligner des yeux me gonfle un pénis en ballon et fait mine de le sucer tout en pointant le doigt vers Nancy. Un mime vient le rejoindre et me fait des signes sans équivoque, comme s'il s'enfonçait une bite géante dans la bouche et qu'elle lui cognait dans la joue. Il frotte ses parties génitales en sortant la langue. Une bande de quinze mariachis investissent les lieux en renversant les tables et forment un demi-cercle autour de moi pour me chanter «*Quiere tirar, esta con la concha en fuego, es tuya papito*». Je leur donne un peu de monnaie, embarrassé, et ils repartent. Je la regarde. Les mariachis ont peut-être raison. Elle glisse ses doigts sur ses lèvres. Elle se caresse le bras. Elle regarde mes lèvres en humectant les siennes. Cette fille veut baiser, je veux baiser, il ne devrait pas y avoir de problèmes.

Il y a un problème.

Je la trouve ennuyeuse; somnifère pour dire la vérité. Elle agite sa cuillère dans le gaspacho (son plat principal, cent cinquante calories) sans y goûter (non mais tu attends quoi au

43

juste ? Qu'elle refroidisse, ta maudite soupe *froide* ?) et me débite des conneries à propos de son chat. « Il me réveille la nuit, il est jaloux, il bouffe les plantes, il casse les bibelots, il saute sur la tête des gens, il déchire les rideaux, il arrache les couvertures de mes bouquins, il salit le divan, il vomit des boules de poils gluants pendant que je mange, dans le temps des fêtes il y a des glaçons argentés pour décorer le sapin qui lui dépassent du cul parce qu'il les bouffe et il les digère pas, je l'ai fait opérer pour un truc à l'estomac ça m'a coûté quatre cents dollars, il pisse dans mes sacs d'épicerie, il mange que la marque de bouffe pour chats la plus chère, et seulement au bœuf, sinon il a la chiasse et ça pue, il en met partout, c'est fou comme j'aime ce chat, sérieusement je sais pas ce que je ferais sans lui, ah oui il pète aussi. Quand il se couche sur mon ventre, la nuit. »

Je réussis après d'énormes efforts à changer de sujet, mais rien de ce que je raconte ne semble vraiment l'intéresser, je cherche très fort de quoi nous occuper en attendant de traverser la rue pour aller niquer chez moi. J'avais pensé à tout, comme de réserver dans un restaurant situé à moins de cent mètres du baisodrome. Elle me demande mon signe. Je lui demande pardon. Elle me redemande mon signe. Je dis bélier, estomaqué. Si elle me demande mon ascendant, je sens que je vais pleurer. Elle me demande mon ascendant, je ne sais pas, je m'en fous, je veux pleurer. Je lui dis que je ne sais pas et pour créer une diversion, parce que je ne peux pas supporter les conversations à propos d'astrologie, je lui dis que le plus intéressant n'est pas ma naissance mais plutôt le moment de ma conception. Elle est curieuse, elle veut absolument savoir. Me voilà sauvé, je le lui raconte en prenant bien mon temps.

Apollo (La formidable histoire d')

Je suis né le 10 avril 1970, j'ai donc été conçu en juillet 1969. Devant la télé. Mes parents ont décidé sans raison apparente de me raconter cet épisode troublant lors de l'anniversaire de mes dix ans, en prenant soin de préciser que j'étais un genre d'accident, qu'après ma sœur et la fausse couche ils ne désiraient plus d'enfants et que c'est bien parce que l'avortement n'était pas très en vogue à cette époque que j'étais là pour me le faire raconter. Je les regardais avec de grands yeux ronds, pétrifié, sans savoir ce qu'ils me voulaient. J'étais bien sage dans la cuisine, avec entre les mains mon tout nouveau G.I. Joe *Commando extrême*, qui essayait tranquillement de violer une Barbie sans cheveux au fond des bois dans une roulotte de camping rose et là, tout à coup, j'avais devant moi deux adultes aux airs concupiscents qui me racontaient des saletés. Je m'en souviens très bien, l'avantage des traumatismes d'enfance c'est qu'ils nous collent au fond du crâne jusqu'à notre dernier jour.

J'ai été conçu devant la télé, donc. Plus précisément une télé encastrée dans un énorme meuble en bois avec un lecteur huit pistes intégré, ce qui se faisait de mieux. Il y avait ce jour-là six cents millions de personnes devant les téléviseurs. Les rues et les hôpitaux étaient déserts, les tavernes sans télés, vides. Tous regardaient la navette d'*Apollo 11* posée dans la poussière de la Lune. Du jamais-vu, un grand moment de l'histoire. Un spectacle saisissant et grandiose. Émouvant.

Mon père, sans doute ennuyé par le spectacle saisissant et grandiose de Neil Armstrong se dégourdissant les jambes (ou bien déçu de ne pas voir une créature immonde surgie de la face cachée de la Lune déchirer les entrailles de l'astronaute), entreprit de tripoter ma mère. On m'a épargné les détails obscènes du rituel de l'accouplement, mais je sais que les événements se sont déroulés sur le divan orange et brun chez tante Lucienne. Où était tante Lucienne pendant ce temps on l'ignore (je crois que j'ai été conçu en vitesse, pendant que tante Lucienne préparait des sandwichs ou remplissait les verres). Au moment précis où Neil déclarait : « C'est un petit pas pour l'homme mais un grand pas pour l'humanité », un spermatozoïde plus dégourdi que les autres rencontrait l'ovule ahuri de maman. Ça me suffit pour être convaincu que je suis venu au monde afin d'accomplir une grande mission, mais j'ignore encore ce que ça peut être. Une chose est sûre, c'est que mon père ne se doutait pas que sa semence allait plus tard passer son temps à lui emprunter de l'argent, défoncer fréquemment le préfini du sous-sol en déboulant l'escalier et, à ses dix-sept ans, enrouler autour d'un poteau la voiture neuve en la reculant à une vitesse folle.

Mes parents ne semblaient pas consommer de drogues hallucinogènes, ils ont pourtant songé sérieusement à me prénommer Apollo. Leur confusion psychotique s'est dissipée à ma naissance, assez pour leur faire changer d'idée et se décider pour Daniel, ce qui fait qu'aujourd'hui je ne suis pas danseur nu, mime ou femme à barbe dans un cirque.

À l'âge de dix ans, j'ai cessé à tout jamais de m'asseoir sur le divan de tante Lucienne, qui traîne encore dans son sous-sol de banlieue.

Elle rit, c'est bon signe. Et elle est beaucoup plus attirante quand elle rit que quand elle me parle de sa saleté de chat. Je ne sais plus du tout si j'ai envie que nous baisions, mais ce n'est pas ici que je vais m'en rendre compte, à raconter des conneries peu émoustillantes sur mon enfance. Il nous faudrait maintenant franchir une étape. La bouteille est vide.

— Tu viens prendre un verre chez moi? je lui demande.

Et je m'étonne tout de suite après d'avoir été aussi simple, direct, banal et convaincant.

— J'habite au coin… je précise, un peu moins assuré.

Elle est d'accord. Nous nous levons en vitesse et je constate alors que la tête me tourne un peu, je m'agrippe l'air de rien au coin de la table et je respire un grand coup. Dehors l'air est doux, on peut voir les étoiles, cent mètres de romantisme pur, allez, circulez. Nancy descend les quelques marches menant au baisodrome. Elle entre en poussant un *wow!* admiratif. Il y a la Lava Lamp, que j'avais laissée allumée, qui fait des bulles blanches dans l'eau bleutée, et le disque d'Angie Stone qui tourne en boucle depuis des heures. J'aime bien rentrer chez moi quand l'ambiance est déjà installée. Nancy enlève son manteau de peluche rouge et s'installe sur le divan. Je remarque la fin de ses bas de nylon sous sa petite jupe. Tout ça devrait normalement m'exciter, mais je ne ressens rien. Je nous prépare des martinis en me disant «bon, tout va bien, pas de panique, elle veut baiser, tu l'as amenée ici pour ça, tu n'en as plus trop envie (pourquoi pourquoi pourquoi?), mais elle est tout de même jolie, tu ne vas pas laisser passer cette chance, espèce de lâcheur, alors c'est simple tu n'as qu'à enfiler successivement ton martini, un autre martini, une capote et cette fille, et tout ira bien et c'était ton intention de les baiser toutes alors faut bien commencer quelque part et de plus il est un peu tard pour faire la fine gueule parce qu'en ce moment il y a une jolie fille chez toi qui veut baiser et tu ne vas pas pouvoir te défiler comme ça et si tu te défiles c'est que tu ne sais pas ce que tu veux et il faudrait bien que tu saches ce que tu veux parce que là tout va selon le plan établi alors ne viens pas te plaindre ensuite que la vie est injuste si tu ne baises pas ce soir parce que ce sera de ta faute, pauvre type, et tu sais bien que si elle s'en va sans que tu l'aies baisée tu vas le regretter à la seconde où elle montera dans un taxi et tu resteras seul dans ton stupide baisodrome complètement dégrisé avec une érection d'enfer à pleurnicher que la vie est injuste ».

Je ne sais pas trop ce que j'ai fait ou dit, mais après quinze minutes passées chez moi elle monte dans un taxi. Furieuse.

Enfin, oui. Je m'en souviens un peu. J'ai vraiment fait une connerie. Il arrive parfois que des paroles me sortent de la bouche sans être passées par mon cerveau. Je me souviens que le martini était très alcoolisé et qu'il m'est rentré dedans comme un footballeur nourri aux hormones dans un mur en papier de riz. J'ai demandé à Nancy, qui fouinait dans ma bibliothèque, quel était son livre préféré et j'ai éclaté d'un fou rire quand elle m'a nommé *L'Alchimiste*. Normalement je suis assez modéré, tous les goûts sont dans la nature, dit-on, mais quand on me parle de ce bouquin et que je suis soûl, je ne peux m'empêcher de dire que j'aurais aimé bouffer ce livre dans l'unique but de pouvoir le vomir. J'ajoute habituellement que je ne me torcherais même pas le cul avec les pages de ce torchon infect. D'habitude j'amuse les gens, mais quand je débite ma tirade célèbre à la fille qui me déclare que c'est son bouquin préféré, je commets ce que je pourrais appeler une erreur. Et de la voir partir ainsi, offensée, dans sa petite jupe et sa blouse presque transparente, m'excite terriblement.

Et je me retrouve ensuite seul dans mon stupide baisodrome, complètement dégrisé, avec une érection d'enfer, à me plaindre que la vie est injuste.

Elle me manque. Elle est partie outrée depuis moins d'une minute que déjà elle me manque. Je m'ennuie de quelqu'un qui ne m'intéresse pas, c'est vraiment fascinant. La bêtise humaine est sans limites.

Il va sans dire que je n'ai aucune envie d'aller dormir, avec toute cette énergie sexuelle inassouvie qui se promène dans mon petit corps d'imbécile. Je serais capable de repeindre les murs avec mon surplus de testostérone. Bien sûr je pourrais me secouer l'engin un bon coup pour en finir, mais je sais que ça ne servirait à rien. Je me retrouverais tout aussi tourmenté en l'espace de dix minutes. J'essaie de m'occuper un peu. Je classe enfin ma collection de livres dans l'ordre alphabétique. Je coupe les poils qui passent de mes oreilles. Je range mes vêtements par couleurs. Je lis un poème de Baudelaire. Je relis le même poème. Je ne réussis pas à me concentrer sur ma lecture. Je balance le livre dans un coin. Je le ramasse et je retourne le placer dans la bibliothèque, au bon endroit. J'ai faim. Je sors pour prendre l'air et marcher un peu et je constate que le soleil se lève. Je rentre. Bouffe. Douche. Grimace. Nick Cave. Je pige dans la pile de noir pour mes vêtements. Je retourne dehors, dans le monde des vivants, et je marche jusqu'au boulot. Un samedi chez Scratch. Envie de rien. Énorme café acheté en chemin pour éviter de voir Nancy.

Prière pour que Nancy ne vienne pas me voir. Intention ferme de ne rien faire de la journée et de rester cloîtré dans l'arrière-boutique.

J'arrive chez Scratch un peu en retard et j'entre sans vraiment regarder ce qui s'y passe. Je lève les yeux en me demandant pourquoi il y a tant de bruit dans la boutique si tôt le matin et je reste stupéfait, comme on voit dans les bandes dessinées, la bouche ronde et les sourcils tordus. Mais que font tous ces gens ici? La présence d'Alex à la boutique à cette heure est plutôt incongrue. Il y a aussi mes cinq disquaires-amazones : Marie-Andrée, la chanteuse à la crinière brune frisée qui brise les cœurs, Janet, l'anglophone au teint pâle et aux lèvres rouge cerise qui sent toujours bon, Layla, la douce princesse de Bagdad au rire angélique, Laurie «Jungle», bassiste mulâtre extraterrestre et Ève, l'étudiante aux grands yeux de biche.

Je ne comprends rien, évidemment. Le plus surprenant, c'est de voir que même Monsieur Robert est là, le propriétaire de la boutique qui nous rend visite environ deux fois par année. Au début je crains une mauvaise nouvelle, à les regarder tous plantés devant moi sans rien dire, mais, à voir leurs tronches d'abrutis souriants, je commence à comprendre ce qui se passe. Il y a un gâteau qu'on vient de sortir de nulle part, avec des bougies allumées dessus et un énorme «10» tracé en crème rose. J'ai eu beau me composer en chemin un air dépressif néogothique, j'ai tout de même de la difficulté à ne pas sourire en ce moment. Je me laisse aller un peu. Tout le monde m'embrasse et parle en même temps.

Il y a donc exactement dix ans, je débarquais dans cette boutique en demandant à parler au gérant. J'adorais déjà l'odeur des pochettes de carton usées et du bois chic des bacs de disques, le gling-gling de la cloche de l'entrée, je me sentais ici chez moi plus que n'importe où ailleurs, entouré de vinyles de collection. Un vieux bonhomme sympathique, que tout le monde appelait Monsieur Robert, vint à ma rencontre en me demandant, d'un accent français assez marqué, ce qu'il pouvait faire pour m'aider. Sans dire un mot, je sortis de mon petit sac en plastique blanc un disque. Le disque. Monsieur Robert devint blême et pendant un instant je crus que ses yeux exorbités allaient en tomber sur mes bottes. Il me demanda respectueusement la permission d'y toucher. Il tenait entre les mains une copie immensément rare d'un disque des Beatles où l'on voit les quatre membres du groupe sur fond blanc, entourés de poupées ensanglantées aux têtes arrachées. Une seule édition de la pochette, retirée très vite du marché, à jamais censurée. On y avait collé une nouvelle pochette absolument impossible à décoller. Ma trouvaille avait sans doute passé trop vite à l'usine. Je l'avais simplement dénichée dans un grand magasin. J'y allais pour remplacer la copie de ma sœur que j'avais ruinée en essayant d'arracher l'autocollant pour voir dessous. Un vrai massacre.

Le regard triste, se doutant de ne pas avoir les moyens de me l'acheter, Monsieur Robert me demanda à quel prix j'accepterais de m'en départir. Il devenait nerveux, je voyais bien qu'il ne voulait pas laisser passer ce disque. Je vivais un instant magnifique. Les disquaires se tenaient derrière lui, dans un silence de cloître.

— Je vous le donne, lui dis-je.

En me regardant comme si j'étais un désaxé, il me demanda de répéter lentement ce que je venais de dire.

— Je veux travailler ici. Je vous l'échange contre un boulot dans votre boutique. C'est pas une boutique d'échange ici?
— Euh… (Il était confus mais encore un peu lucide.) Et vous êtes qualifié?

Je pris quelques secondes pour observer la boutique et la clientèle, les deux disquaires se regardaient, terrorisés.

— L'Asiatique dans le fond du magasin cherche la section classique, il a besoin d'aide. La jeune fille dans la section francophone cherche probablement un cadeau pour son père ou sa mère. Le jeune boutonneux qui fouille dans vos bacs de cassettes en liquidation en a au moins quatre dans ses poches et essaie de vous en voler d'autres, Rod Stewart donne un spectacle dans quatre jours et vous aurez pas assez de ses disques pour suffire à la demande, il manque deux nouveautés dans votre palmarès de quarante-cinq tours et vous avez beaucoup trop de disques laser en inventaire, les gens voudront jamais acheter ça.

J'avoue m'être un peu trompé sur le dernier point, mais il reste que ce jour-là je me suis trouvé un emploi dans la boutique. Mieux encore, six mois plus tard, son gérant lui déclarait qu'il retournait aux études et Monsieur Robert, embêté de n'avoir que des employés à temps partiel dans sa boutique, me nomma gérant à la condition que je travaille à temps plein. Évidemment j'acceptai. J'appris peu après qu'il retournait vivre à Paris pour travailler dans l'autre boutique qu'il venait d'ouvrir, spécialisée elle aussi dans les disques usagés, rares et de collection. Sa combine était simple, il achetait ici des disques usagés et les revendait là-bas parfois dix fois plus cher que ce qu'il avait payé.

Je me retrouvais donc avec une boutique à moi tout seul et chaque fois qu'un disquaire donnait sa démission, je le remplaçais par une jolie jeune fille fringante. Les deux derniers disquaires mâles furent les plus difficiles à convaincre de foutre le camp, ils voyaient bien les déesses que j'engageais et ne voulaient plus partir. Je les encourageais sans cesse, prodiguant conseils sur les vertus du retour aux études et autres mensonges du même genre, et au bout d'un an j'avais un personnel exclusivement féminin, sexy et sympathique. Le clan des disquaires-amazones.

Le proprio était assez étonné, il n'avait jamais cru que son petit commerce de la rue Duluth pouvait rapporter autant. Je voyais plein de pauvres types prendre n'importe quel disque sur les tablettes et passer à la caisse, simplement pour le plaisir de parler un peu à une caissière. Je les comprenais bien, parce que j'aurais fait pareil. Elles étaient toutes superbes, chacune dans un style différent. J'ai engagé des preppies, des granos, des gothiques, des alternos, des baveuses et des discrètes, des intellos et des skateuses, des pops, des rocks, des punks, des trouées, des tatouées, des campagnardes, des banlieusardes et des urbaines, des filles de bars, des filles de raves, des filles de rêves. Je me sentais dans un genre d'arche de Noé, entouré des plus merveilleux spécimens de l'espèce, mais je refusais de flirter avec elles, je ne voulais pas en séparer une du lot, c'était trop l'harmonie ici. Les clientes m'occupaient bien assez de toute façon. La boutique était devenue mon lieu de travail, ma maison et mon terrain de jeu.

Mis à part le salaire ridicule que l'on me donne, je n'ai pas à me plaindre, je vis sans trop d'effort dans ce cocon depuis dix ans. Et maintenant le boulot est encore plus facile, avec Internet je trouve tout très vite et ça débarque à la boutique dans les quarante-huit heures. Je vends des trésors en vinyle à de vieux anarchistes qui refusent d'acheter des CD et de se brancher à Internet. Ma clientèle est constituée en grande partie de paranoïaques et de paumés nostalgiques, mais je vends aussi des vinyles à tous les *deejays* de la ville. Je n'ai rien contre les CD, c'est ce qui attire toutes les filles ici, mais le vinyle, c'est ma jeunesse. J'ai encore la pochette du premier trente-trois tours que je me suis acheté accrochée derrière le comptoir, un disque double importé d'Angleterre, compilation disco avec une pochette nous montrant une paire de fesses féminines dans un short en jean aux couleurs de l'Union Jack. Un classique du mauvais goût. J'adore.

On me tend un énorme morceau de gâteau dans une assiette de carton qui menace de plier en deux. Il y a quelque chose de très décadent à s'empiffrer de crémage bleu et rose à dix heures du matin, quelque chose de rassurant aussi. Manger les sucreries de notre enfance nous ramène inévitablement à l'époque où nos seuls soucis étaient de prendre notre bain et d'aller nous coucher. C'était bien avant de découvrir LES FILLES. Bien avant d'aller travailler chaque matin pour payer nos Ikéappartements, nos reproductions de Klimt, nos vêtements neufs vieillis et froissés à l'usine et nos bouteilles de vin hors de prix.

Voilà que je parle comme un vieux cynique. J'aurais bien envie de me prendre quelques jours de vacances, là, tout de suite. Aller réfléchir sur les dix années qui m'attendent, et sur ce que je vais en faire.

Il doit y avoir une bonne étoile pour les paumés, parce qu'au moment où je me fais cette réflexion Monsieur Robert s'approche de moi avec une enveloppe et un point d'exclamation au-dessus de la tête. J'ouvre l'enveloppe sans trop faire durer le suspense et je remplace le point d'interrogation au-dessus de ma tête par une douzaine de points d'exclamation. Prime pour mes dix ans d'ancienneté, dans les quatre chiffres. Je me retiens de l'embrasser et de lui pleurer dans les bras, ce type vient de me sauver la vie. Je n'ai plus qu'un but : aller claquer tout ce fric à New York. Je demande à Alex de m'accompagner, il accepte sur-le-champ. Dans trois jours, nous quitterons la ville.

Laurie m'embrasse et me lèche lentement un coin de la bouche où il restait une miette de gâteau, je ne m'en fais pas trop, ce sont les filles qui l'intéressent. Ce qui n'empêche pas mes jambes de ramollir un peu. Je prends tout ce qui passe, côté plaisirs charnels, lesbienne ou pas elle est belle et sa peau dégage une odeur musquée de forêt tropicale et de terre humide. J'en veux encore, mais je ne dis rien, un peu déçu de ne pas être lesbienne. Je ferme un instant les yeux pour revoir la scène et ne jamais l'oublier.

Tout ce beau monde finit par passer la journée au magasin, nous écoutons la bande sonore d'*Amores Perros* qui joue en boucle en vendant des trucs jazzy et poussiéreux aux clients, pour la plupart des cravatés bedonnants débarqués en ville pour un congrès quelconque.

Conseil de survie # 4

Quand nous voyons que vous cherchez un disque de jazz sans rien y connaître, nous vous vendons un truc sans intérêt mais avec une jolie pochette. Parce que devant un bon disque avec une pochette ordinaire, vous hésitez trop longtemps. N'hésitez pas. Achetez tout ce qu'on vous offre.

Nous nous marchons dessus, il y a plus d'employés dans la boutique que de clients, nous déconnons comme des enfants. Nous parions sur le nombre de disques que nous pouvons vendre en cinq minutes en le faisant jouer. Monsieur Robert constate que la boutique serait rentable même si j'avais seulement du Dalida en inventaire. Même Alex s'y est mis, il déballe tout son vocabulaire pour décrire la beauté inspirante de disques moches qu'il n'a jamais entendus. Il comprend les principes de la vente au détail : créer un besoin et le combler ensuite avec un disque dont on souhaite se débarrasser.

Nous finissons la journée à la terrasse du Rockaberry, étourdis devant nos verres de sangria. Monsieur Robert se lève et chante « Guantanamera » sans raison apparente, pendant qu'un chien opportuniste lui renifle les couilles. Ça doit être l'alcool qui me rend sentimental, mais je me dis que si je n'avais pas tous ces gens autour de moi, je n'aurais pas grand-chose. Ça me rassure et me rend morose en même temps. Peut-être que mon emploi commence à m'ennuyer. Peut-être qu'avoir trente ans et rien devant ne me fait pas de bien. Quand j'étais jeune, je croyais qu'être adulte c'était avoir de l'argent en banque à ne plus savoir quoi en faire. Je ne dois pas être adulte.

Et comment fait-on pour savoir qu'on aime son boulot, qu'on ne s'est pas trompé? Et à quel âge est-il trop tard pour tout foutre en l'air et recommencer? Pourquoi je ne peux pas arrêter de penser et simplement m'enivrer comme les autres? Un peu plus de sangria ne peut pas me causer de tort. Un peu moins de lucidité aussi. Il faudra bien un jour que je trouve quelque chose pour soulager mes angoisses. Genre boulot. Genre quelque chose à faire. M'acheter un chien? un régime d'épargne-retraite? des souliers de course? Me mettre à fumer? Me teindre les cheveux? Me payer un psychiatre? une pute? Donner mon corps à la science?

En attendant j'ai ma sangria, une pleine assiette de nachos, sur les genoux une disquaire-amazone qui boit dans mon verre et du fric plein les poches. Soyons zen. S'agit de ne pas mettre mes mains ou ma langue où il ne faut pas et tout ira bien. Elle est tout de même aguichante, cette Janet, c'est la seule fille que je connaisse qui réussit à porter Exclamation, ce parfum qui sent les œufs pourris sur toutes les autres. Mais son mec est un tueur, alors il ne faut vraiment pas que je déconne. La mort est assise sur mes genoux et elle murmure des trucs salaces à mon oreille, il faut rester vigilant. Je sens ses cuisses et la chaleur de son entrejambe à travers l'étoffe de sa jupe. Je ne crois pas qu'elle entend les plombs qui m'éclatent au fond du crâne. Je m'impressionne vraiment, une main sur mon verre et l'autre bien fermée, chastement posée sur sa cuisse. On me soumet aux pires épreuves et je reste là, à sourire comme Jésus charriant sa croix, accroché à mon verre qui se remplit tout seul. Il y a cinq filles jeunes, jolies et soûles à ma table et je parie n'importe quoi que je me réveille tout seul demain matin dans mon lit avec un mal de tête. Janet échappe un quartier d'orange sur mon bras et le ramasse avec sa bouche, en léchant bien tout le jus qui en a coulé. J'ai la bite tellement raide que si son copain passe, il pourra me l'arracher et me péter les dents avec. Je vis dans un film érotique et je ne baise pas. Je n'y comprends rien.

□ □ □

Je me réveille le lendemain matin (seul, je le savais bien) avec un mal de tête (je m'en doutais aussi). J'applique ma formule habituelle : deux aspirines, un grand verre d'eau, recouché pour une heure. J'appelle ensuite Janet à la boutique pour lui dire que je passerai seulement dans l'après-midi régler quelques trucs avant mon départ pour New York. Une visite à la buanderie s'avère essentielle, qu'il y ait à l'intérieur des filles mignonnes ou qu'il n'y en ait pas. Je porte mes sous-vêtements d'urgence, les rouges qui me donnent un air de père Noël lubrique (en moins gras, tout de même).

J'engloutis en vitesse une boîte de boisson vitaminée au chocolat et je bourre mon sac de linge sale. J'ai de la chance, il n'y a que le préposé et moi là-dedans. Je fais comme s'il n'existait pas. Je fais comme s'il ne me regardait pas. Je fais comme s'il ne me donnait pas la nausée. Comme il n'a rien d'autre que moi comme distraction, il m'observe. En détail. Et il rote. Bruyamment. Et constamment. Dans un instant, si les vents sont favorables, je devrais savoir ce qu'il a bouffé. Je sors et je vais m'acheter un énorme café au coin. Je le bois lentement, appuyé sur la vitrine. J'attends. Le regard fixé sur les trois handicapés qui me dévisagent de l'autre côté de la rue, en tapant des mains au son de la Compagnie Créole. Au bal masqué ohé ohé. Mais qu'est-ce qu'ils ont aujourd'hui, tous ces gens, à me regarder ?

Je retourne voir la taupe qui éructe, je feuillette les revues de mode que je connais maintenant par cœur. C'est fort, l'être humain, ça s'adapte vraiment à n'importe quoi. Bientôt nous serons les meilleurs copains du monde et nous plierons des sous-vêtements féminins ensemble en nous remémorant les chansons de notre enfance. Je vais vomir. Je regarde dehors, les filles passent sans m'accorder un regard. Un optimisme de survie m'oblige à croire qu'il y en aura peut-être une pour entrer ici avec sa poche de linge sale et que nous ferons connaissance. Je m'accroche à ce que je peux. Et vive les vacances.

□ □ □

Chute à New York

Le départ est prévu pour vingt-trois heures, il serait temps qu'Alex arrive. Des touristes français formant une boule compacte essaient de grimper dans l'autobus tous en même temps, quitte à perdre un œil ou une jambe dans la bataille. Un abîme culturel nous sépare. Je grimace de dégoût et je retourne à ma revue, une revue récente, avec des articles récents. Je me suis payé le luxe d'une revue féminine de cette année ; comment résister à un super dossier spécial de trois pages sur le sexe, bourré d'articles de fond sur le point G, le point U, l'achat d'un bon vibrateur, et bien d'autres ? Je regarde l'heure, la boule informe de Français s'est répandue dans le bus mais je reste calme, il est toujours à la dernière minute mais il est toujours là. Je continue de feuilleter ma revue en jetant un œil une fois de temps en temps sur les voyageuses aux cuisses nues promenant leurs bagages d'un bout à l'autre du terminus. Je sors un stylo de nulle part pour répondre au test « votre partenaire vous trompe-t-il ? » J'ai à peine répondu à la moitié des questions qu'Alex arrive, avec son crâne fraîchement rasé tout luisant et son sac Adidas comme on en avait tous à l'école secondaire. Nous sommes les derniers à monter, alors nous avons le choix entre un siège derrière le chauffeur ou un à côté des chiottes. Nous choisissons les chiottes. Nous passons dans l'allée en essayant de repérer les filles intéressantes et sitôt que nous avons le cul sur nos bancs, l'autobus démarre en laissant Montréal derrière nous.

Alex entraîne rapidement la conversation sur sa nouvelle conquête : Sandrine, la fille qu'il a rencontrée au lancement de disque de Pouffiasse. Il m'assure qu'avec elle c'est « différent qu'avec les autres filles ». Ce qui veut probablement dire qu'il a couché avec elle plus que trois fois. Étonnant.

— Tu pars vivre en banlieue avec elle bientôt ? Maison, fourgonnette, enfants ?

— Euh… Non merci ! Sandrine est une chanteuse incroyable, je sens que ça peut marcher ses trucs ! Ça me fait du bien d'être avec elle. J'aimerais lui écrire des chansons, je suis certain que d'ici deux ans elle va avoir un album sur les tablettes !

— Donc tu l'aimes parce qu'elle va réussir à endisquer et que toi tu réussiras jamais ?

— Ah, va chier, pauv' con ! Et on parle pas d'amour s'il vous plaît, tu sais bien que je comprends rien là-dedans. Les comptes conjoints, les âmes sœurs, vieillir ensemble, je crois pas à ça ! J'arrive pas à m'imaginer avec la même personne pour la vie dans mon lit, autour du lit, à côté du lit, sous le lit, dans ma bulle, dans mes jambes. Je comprends rien à l'amour !

— Et tu vas lui écrire quoi? Les mêmes clichés rassurants qu'on entend partout?

— Euh… Un peu, mais pour elle je sais que je peux écrire des trucs un peu moins débiles que ce qui joue à la radio, sans nuire à sa capacité d'endisquer… Enfin, j'essaie de lui écrire des trucs que les gens vont comprendre, ça a rien à voir avec ce que je fais avec mon groupe!

— Donc tu lui feras pas chanter ta version polka de *Highway to hell*?

— C'est pas une version « polka », c'est une version « ska », merci.

— Mmmm. Oui. Bien sûr. On s'entend pour « polska »?

Il hausse les épaules et, plutôt que de renchérir sur mes idioties, s'installe pour dormir.

On nous débarque à deux heures du matin en plein milieu de nulle part, pour manger des burgers qui ont passé des jours sous la lumière orangée qui les tient au chaud dans leur papier d'aluminium. Alex repère une fille qui voyage avec nous et engage la conversation, elle éclate de rire sans retenue. C'est toujours comme ça.

De retour dans le bus, près des chiottes avec nos haleines d'oignon, il me tend un bout de papier avec le nom de la fille et l'hôtel où elle passe la semaine, c'est dans le même quartier que le nôtre. J'en prends bonne note, parce qu'elle est accompagnée d'une amie qui me semble exquise aussi.

— Sa copine s'appelle Isabelle, qu'Alex me dit, ayant comme d'habitude deviné mes pensées. Et elles vont à New

York POUR S'AMUSER, précise-t-il, la voix chargée de sous-entendus lubriques.

— Et ta chanteuse, toi?

— On n'est pas mariés, que je sache! Et puis dans une autre ville, ça compte pas!

Alex ne changera jamais. Il réussit toujours à baiser à gauche et à droite avec une certaine élégance, comme si son charme excusait ses écarts. Moi, je ne suis pas doué pour ça, je suis plutôt du genre super-fidèle, une aubaine! De toute façon, je n'ai pas ce problème en ce moment, personne à tromper. Et personne ne me trompe, j'ai fait le test.

Baiser. Baiser! Le sexe interfère avec la moindre de mes pensées. Je ferme les yeux et je vois des cuisses nues, des visages de filles lascives avant l'orgasme, du cul, du nichon, de la vulve, de la lèvre rouge (je crois que je suis plus visuel qu'auditif), de la nuque, du pied, du ventre, bon sang il va vraiment falloir que je fornique bientôt, sinon je vais virer maboul. La main droite qui rend sourd ne suffit plus à me garder sexuellement comblé. New York, *if you can make it there you can make it anywhere.*

Sept heures du matin, nous y voilà enfin, à moitié réveillés et le cul engourdi. L'effet de sortir du cocon tranquille de l'autobus pour me retrouver dans la 42ᵉ Rue, à l'heure où les gens se rendent au travail, produit chaque fois sur moi une sensation de vertige. Je retrouve cette ambiance inoubliable où se mêlent le bruit des perpétuelles constructions, le klaxon des taxis et les cris diffus des travailleurs. On aperçoit à peine le soleil qui se frotte aux derniers étages des immeubles sans se rendre jusqu'à nous. La ville est restée telle que je m'en souviens : sale, immense, enrobée d'un nuage de crasse parfumé à l'essence et aux arachides sucrées. J'adore. Ma première dépense à New York : une barrique de café au lait de chez Starbuck's qui me coûte environ dix-huit dollars canadiens. Beaucoup de lait et un vague arrière-goût de café, qu'on remarque si on y prête très attention.

La ville est à nous. Notre fric est à elle. Nous laissons nos bagages en consigne à notre hôtel pisseux, le Shabby Shack, et, en attendant de pouvoir prendre une douche à notre chambre, nous traversons la rue pour aller lire les journaux dans les fauteuils en cuir d'un hôtel quatre étoiles. Nous essayons d'avoir l'air riche, il suffit d'un peu de raideur dans la posture, ce qui nous permet de nous empiffrer avec les croissants et les muffins gratuits de leur bar à café. De plus il n'y a que dans ces hôtels chics qu'on trouve des salles de bains propres, avec plein de petits trucs gratuits pour s'en mettre plein les poches. Ce que nous faisons.

Alex veut voir tous les groupes qui jouent au CBGB et au Knitting Factory, il me montre chaque annonce de spectacle du *Village Voice* en s'exclamant avec des «oh oui!» et des «ah, cool!» Je quitte à regret mon fauteuil, c'est l'heure d'ouverture des boutiques, et Alex a un besoin urgent d'acheter tous les disques des artistes les plus obscurs et déglingués de la ville. Je le traîne de force à l'hôtel pour que nous puissions enfin nous débarbouiller. L'ameublement de notre chambre se compose de deux petits lits, avec chacun un matelas en forme de banane déshydratée, d'une chaise en osier et d'une barre avec trois cintres.

Frais lavés, nous partons visiter l'aquarium de Brooklyn. Le métro roule en bonne partie à ciel ouvert, ce qui me permet de voir dans les cours arrière des gens et de me convaincre que oui, mon appartement est déprimant parce qu'il n'a pas de balcon et seulement un genre de hublot en guise de fenêtre, mais au moins je n'ai pas un métro qui me passe sur les pieds.

À l'intérieur de l'aquarium les gens font la queue devant les kiosques de nourriture. Ça me laisse le bassin des bélugas pour moi tout seul, Alex est parti se mettre dans la file pour une barbe à papa. J'ai les mains bien enfoncées dans les poches de mon jean et je sifflote nonchalamment en attendant le cétacé.

Et c'est à ce moment que j'aperçois la femme de ma vie.

Elle ne nage pas dans le bassin des bélugas, non, non, à vrai dire elle arrive de nulle part et elle se poste à quelques pieds de moi, espérant elle aussi qu'une bestiole surgisse de l'eau sale pour se coller à la vitre, et qu'enfin on y aperçoive quelque chose. Elle a sur les lèvres le sourire en coin de quelqu'un qui attend d'être surpris et, tant mieux pour moi, les bélugas n'arrivent pas, alors elle reste là et elle patiente et je l'observe discrètement, prenez votre temps, les bélugas.

C'est une Latino-Américaine au teint foncé, elle a de grands yeux noirs, des cheveux noirs longs et lustrés qui tombent sur ses épaules nues et délicates, des lèvres rouges qui semblent sourire en permanence, aucun maquillage. Elle est vêtue d'une mince robe bain-de-soleil colorée et de petites sandales plates. J'admire sa peau, ses jambes parfaites, je suis comme un affamé devant une crème glacée; incapable de regarder ailleurs. Elle me fascine et moi, évidemment, je ne sais pas trop quoi faire, je me sens maladroit et je cherche quelque chose à lui dire sans rien trouver. Je la regarde, les mains dans les poches, et je m'assure au moins de ne pas avoir la mâchoire pendante et les yeux ronds comme des quarante-cinq tours. Elle regarde dans ma direction et sourit en s'approchant d'un pas décidé. Je sens mon cœur qui s'affole, mes couilles qui se serrent et tous mes organes internes qui virent à l'envers, mais ce n'est qu'une fausse alerte, elle ne vient pas se coller dans mes bras mais bien sur les parois du bassin, pour admirer un béluga qui daigne nous rendre visite. Elle est tout près de moi, je n'aurais qu'à tendre le bras pour toucher son dos ou enlacer sa taille, n'importe quoi qui m'attirerait inévitablement des ennuis. Elle sent la vanille comme un gâteau sorti du four et j'en ai mal au ventre tellement j'aimerais glisser mon visage dans son cou. Elle me jette un regard de côté, avec son délicieux sourire en coin, les deux mains appuyées sur la vitre, et elle ne me dit qu'un seul mot de sa voix douce : «*Beautiful*». J'essaie de répondre un «*Yeah, it's beautiful*» d'une voix *cool*, mais j'ai la gorge sèche comme un biscuit soda, alors tout ça reste à peu près incompréhensible. Je bouge la tête de haut en bas pour montrer que j'ai compris, au moins. *Yeah, you're beautiful. It's a beautiful moment. I'm beautifully dumb.*

J'essaie de me fabriquer un peu de salive et quelque chose à dire avec, mais c'est peine perdue, mon cerveau s'est liquéfié, coulant jusque dans mes bas. Je reste donc là, immobile et muet, à attendre qu'il se passe quelque chose. La déesse lance un cri autoritaire en direction des kiosques de bouffe et un petit garçon de quatre ou cinq ans rapplique aussitôt en mettant du pop-corn partout. Ce qui semble être le père de l'enfant débarque aussi, suivi d'Alex qui m'offre une gorgée de boisson gazeuse. Il commence à y avoir beaucoup de monde dans mon petit paradis. J'avale de longues gorgées pendant que la centaine de visions de petits bonheurs possibles en compagnie de cette fille se dissipent.

Je constate que depuis mon retour au célibat je cherchais du cul mais que je me trompais totalement, ce que je veux vraiment, c'est un peu de tranquillité et de douceur avec une fille adorable. Le désespoir m'enveloppe de son manteau noir trop chaud en lainage qui pique lorsque je réalise avec certitude qu'en ce moment aucune fille ne pense à moi. Je suis à New York et personne ne s'ennuie de ma présence. Et d'ailleurs qui pourrait bien s'ennuyer d'un célibataire désespéré et pathétique et en rut? Je ne souhaite plus qu'une chose, retrouver la paix de mon appartement et ne plus voir personne, alors qu'Alex m'entraîne vers la sortie pour aller au sommet de l'Empire State Building. Je me laisse faire, j'essaie de ne pas laisser paraître ma détresse, je ne veux pas gâcher ses vacances. Je me retourne, mais je ne la vois plus.

J'ai le cafard, je ne vais pas bien du tout.

□ □ □

Journal un peu trop intime, 24 septembre.

C'est drôle de voir comment les choses se passent depuis que j'ai laissé François. On dirait qu'il n'y a que du bon qui m'arrive, que mes relations avec les gens évoluent et se solidifient. La jalousie de François avait fini par m'isoler dans un coin et ma vie se résumait à travailler, étudier, supporter ses crises et le regarder laver sa voiture.

Parmi les gens qui ont pris plus de place dans ma vie il y a Daniel, on s'est retrouvés célibataires presque en même temps. On discute parfois de notre rupture, il est moins discret que je l'imaginais, je crois que ça lui fait du bien d'en parler. Je me rends compte de plus en plus que ça me motive d'aller travailler, sachant que je vais le voir arriver avec sa jolie gueule d'ébouriffé et du café pour tout le monde. J'hésite à en parler avec les filles au travail, mais j'aimerais savoir s'il pense à moi. C'est fou comme je me sens bébé en ce moment, à écrire ce genre de bêtises dans mon journal qui est censé contenir des notes pour mes recherches. Bravo, ma grande! C'est ridicule à vingt-trois ans d'en être encore à gribouiller des enfantillages dans un cahier!

J'aurais bien été à New York avec lui!

J'ai besoin de vacances!

□ □ □

Phase 2

Phase dite du *bébé phoque impuissant faisant des petits yeux tristounets à la télé pour attendrir les vieilles madames et faire pleurer les petites filles qui tiennent un journal intime.*

Tout ce qui parle m'assourdit
tout ce qui bouge m'étourdit
c'est pourquoi je reste ici docile
pendant que le divan me dévore.

Alex *(L'invasion des divans carnivores,* 1996*)*

On a trop souvent tendance à ne pas organiser le chaos général qui résulte de nos moments de déprime. L'insomnie, par exemple, mérite un minimum de planification si l'on souhaite s'y vautrer pleinement, tel un cochon baignant dans sa fange infestée de moustiques. La plupart des insomniaques de ma connaissance se contentent de mal dormir pendant deux ou trois jours consécutifs. L'épuisement leur permet ensuite de retrouver un sommeil profond et réparateur. Ce que mon corps a décidé de faire pour prolonger le supplice, c'est de me laisser dormir une nuit sur deux, me tenant complètement réveillé la nuit suivante, ce qui permet à ma pauvre tête de s'épanouir pleinement dans ses angoisses existentielles.

Elle n'est pas folle, ma tête, elle a de bonnes stratégies pour me torturer ! Et ça dure depuis dix jours.

J'en ai profité pour relire tous les bouquins d'Apollinaire à Zola qui traînent chez moi, les paroles de chansons sur toutes les pochettes de mes disques, j'ai lu toutes les revues, les dos de boîtes de céréales et les instructions d'un magnétoscope (l'ex a le magnétoscope et moi les instructions, c'est ce qu'elle appelle le partage équitable des biens). Il m'est arrivé, une fois, vers cinq heures du matin, de lire ce qui est écrit sur une ampoule de soixante watts. C'est stupéfiant toutes les informations qu'on y trouve.

Il va sans dire que ce n'est pas cette insomnie qui va m'empêcher de m'abîmer dans le travail. Je suis à quatre pattes dans l'arrière-boutique, les deux mains dans des caisses de lait en plastique rose, à fouiller dans des piles de CD à la recherche d'une chanson. Ma chanson. En m'étirant, je réussis à pousser la porte qui claque violemment et m'isole de la boutique, où Ève fait jouer le nouveau Fatboy Slim. Il m'énerve. Trop joyeux.

Ça doit bien faire une heure que je suis là à chercher un truc qui colle à mon état d'esprit du moment et je ne trouve rien. Je refuse de croire qu'aucun auteur n'a écrit une chanson sur un mec qui a laissé sa petite amie et qui vit depuis dans un état de catalepsie, en se disant qu'il n'osera plus jamais aimer une fille de peur de la blesser en la larguant au bout de six ans et demi, quand la hantise de faire des enfants et de devenir un vieux con le rendra fou et qu'il se retrouvera à travailler sept jours sur sept dans une boutique de disques, juste pour combler un vide, et qu'un jour il sera là, à quatre pattes, à fouiller dans des caisses de lait en plastique rose parmi des piles de CD pour trouver la chanson qui colle à son état d'esprit du moment sans rien trouver. Posséder un minimum de talent, j'enlèverais la poussière de ma guitare et je m'en occuperais moi-même.

La porte de l'arrière-boutique s'ouvre, j'interromps ma quête frénétique pour voir ce qui se passe.

Ève.

Ève, la petite disquaire-amazone au visage d'ange est là, debout devant moi. Elle porte un t-shirt vert armée de Massive Attack. Je vois son nombril. Je l'aime bien, son nombril. Elle me fixe d'un œil désapprobateur, un grand œil vert.

— Euhhhhh Daniel?

— … (Regard d'un enfant dément, dérangé pendant qu'il jouait avec ses blocs de bois.)

— J'ai été nous chercher de la bouffe à côté. Sandwich et café.

Elle me tend un sac de papier. Je suis toujours à quatre pattes avec mon air de tout à l'heure, alors elle pose le sac en équilibre sur mon dos. Je crois avoir l'air d'un âne, mais ça ne me dérange plus, je n'ai plus rien à foutre de rien.

— Nancy te fait dire bonjour, qu'elle ajoute. Tu sais, la fille que t'as voulu baiser?

— J'ai pas envie de la voir, j'ai plus envie de voir personne, mais toi ça va, c'est gentil de ta part de t'inquiéter pour moi, mais je crois que je suis irrécupérable.

Je vais probablement passer le reste de la journée avec un sac sur le dos. Je ne sais même plus si j'ai faim, je ne sais même plus si j'ai chaud, froid ou envie de pisser. Je n'ai plus envie d'avoir des envies.

Elle fait un drôle d'air en refermant la porte, me laissant seul avec mon spleen, un sandwich et un café sur le dos. Elle ne semble pas trop comprendre ce que je raconte ou alors elle comprend mais se dit que je raconte n'importe quoi. Ou alors je raconte n'importe quoi. Elle est indulgente, elle sait bien que je travaille ici tous les jours depuis mon retour de New York, simplement parce que je ne supporte pas d'être chez moi, tout seul devant le téléphone, à attendre qu'il sonne. Sans avoir le courage de répondre quand il sonne enfin. De quoi devenir cinglé. Chez moi, je ne mange rien et je soupire, le regard dans le vague. Ici je suis à l'abri du monde extérieur, entouré de mes piles de disques et de ma chaîne stéréo, pro-tégé par mes disquaires-amazones qui font rouler la boutique et me donnent du soutien moral sans me tomber sur les nerfs. Je leur donne tous les disques promotionnels que nous recevons ainsi que les billets pour les spectacles et lancements de disques qu'on se fait offrir, je ne suis pas d'humeur à traîner parmi les vautours de l'industrie musicale. Elles sont aimables, elles m'invitent même en sachant que je vais refuser. Elles insistent un peu, juste pour voir si je suis encore au fond du baril.

Je suis encore au fond du baril.

Un maudit gros baril. Un baril énorme comme ceux que vend le Super Club Mart Depot™. Et dans ce baril il fait noir et ça pue. On y tourne en rond en tâtant les parois sans trouver d'issue.

Je crois qu'elles s'inquiètent un peu pour moi. C'est quand même touchant, une fille qui s'inquiète. J'essaie de m'émouvoir en y pensant, mais je ne réussis pas. J'ai l'émotivité en panne. Mon cœur est devenu vide et froid. J'ai le charisme d'une momie et l'entrain d'un cactus. Je suis un film d'horreur. Je suis le village fantôme d'un film western.

Je n'ai toujours pas trouvé ma chanson.

Quand Ève repasse me voir vers dix-huit heures, pour me dire qu'elle a compté la caisse et qu'elle s'en va, elle me retrouve couché sur le dos, bras et jambes en étoile parmi les CD, fixant un point imaginaire au plafond en écoutant un vieil album de P.J. Harvey. Je mâche une gomme en essayant de ne pas m'étouffer avec.

— Euhhhhh Daniel?
— … (Regard d'un enfant dément arrêtant un moment de fixer le plafond pour trouver d'où provient la voix.)

Je crois qu'elle voulait surtout s'assurer que je n'étais pas mort de désœuvrement ou de faim ou d'imbécillité. Elle baisse le son de la musique pour qu'on s'entende un peu, même si je ne dis rien.

— Tu veux pas qu'on aille manger un morceau?

Je grogne vaguement une réponse signifiant à peu près ceci: «Non non, merci, c'est gentil mais ça va, j'ai encore de la paperasse à finir ici.»

— De la paperasse?
— … (Regard…)

— Couché sur le dos? Tu remplis de la paperasse couché sur le dos?

— Euh… Oui, oui… Ça s'est déjà vu… (Et, pour lui prouver ma théorie, je tâtonne vaguement vers la droite à la recherche d'un stylo, mais je ne trouve rien, c'est bien dommage, je lui aurais montré comment on fait.)

Elle soupire, fait encore son drôle d'air, se penche vers moi et me tire un bras vers le haut pour m'obliger à me relever. Je n'oppose aucune résistance. Je n'ai plus d'orgueil, plus d'ego, plus de fierté. Elle me lance mon manteau, éteint la chaîne stéréo, les lumières, et me pousse dans le magasin jusqu'à la porte d'entrée. Je me retrouve dehors et, pendant qu'elle verrouille la porte, je cligne des yeux comme un vampire qu'on traîne vers la lumière du jour.

— Ève?

Elle me regarde, appuyée sur le mur en brique bleu poudre de la boutique, gamine.

— Merci.

En guise de réponse, elle me souffle un baiser qui ferait bander un vieillard paralytique. Et, désabusé comme je suis, je ne bande même pas un peu. Elle murmure quelque chose, je n'arrive pas à savoir si elle s'adresse à moi ou si elle parle seule, je n'ai même pas le temps de lui demander de répéter qu'elle tourne le coin et disparaît.

J'entre chez Lucas pour un café. Je me dirige vers un parc pour le boire en lisant *Les Versets sataniques* de Salman

Rushdie à la lueur d'un réverbère. J'achète maintenant mes bouquins à l'épaisseur, j'essaie d'économiser mon fric et, vu que je passe une nuit sur deux à lire, je veux que ça me dure longtemps. Sept cent douze pages écrites en petits caractères.

Minuit. Il me vient une envie soudaine et inexplicable d'agitation, d'alcool, de fumée de cigarette et de stimulation visuelle à tendance érotique. Et puis j'ai mal aux fesses, ça fait trois heures que je suis assis sur un inconfortable banc de parc. Je me retrouve ainsi sans trop y penser dans la file de gens attendant pour entrer au Diable Vert.

Ayant donné mes cinq dollars à l'entrée, je me laisse engloutir par le brouillard de nicotine et je me rends au bar près du baby-foot. Terminus, c'est ici que je m'arrête. Je commande trois *shooters* de Southern Comfort à une fille parfaite au sourire parfait avec des seins parfaits moulés dans une camisole transparente. Je me sens tellement délabré que sa perfection m'écœure. La soirée sera écœurante de perfection.

Premier verre, cul sec, clac, le verre qui cogne sur le comptoir, mouvement de sourcil et gorge qui chauffe. «Marcia Baila» des Rita Mitsouko débute et tout le monde se jette sur la piste de danse en hurlant. Je regarde passer la foule euphorique et son nuage de poussière, et je reviens à ma principale occupation.

Deuxième verre, cul sec, clac, le verre qui tape sur le comptoir, la gorge qui brûle, aucun mouvement de sourcil. Une fille excitée par sa victoire prochaine au baby-foot se frotte le cul sur ma cuisse. Je ne dis rien. Un regard bref me permet de constater qu'elle a la fesse exquise et pas de petite culotte sous le pantalon, sinon peut-être un *string*. Je reste calme même quand elle s'y remet, cette fois en donnant des petits coups de fesses. Elle n'aime pas les Rita Mitsouko, cette agace?

Troisième verre, cul sec, clac, le verre qui roule sur le comptoir, je ne sens plus rien, ni de la gorge ni du sourcil. J'essaie de rassembler mes énergies pour aller voir si je n'ai pas par hasard dans le fond de la salle des copains susceptibles de me changer les idées (noires, elles sont noires, mes idées, un peu comme Michael Jackson à l'époque des Jackson 5). Il y a du plaisir dans l'air, des jeunes filles excitées et légèrement vêtues, l'ambiance est bonne, la championne de baby-foot est en train de mouiller mon jean, il faut que je foute le camp. Je laisse tomber les copains éventuels, tout ce bonheur va me faire dégueuler.

Je me tourne vers la sortie et j'arrive face à une blonde souriante. Un top modèle, avec des mèches de cheveux blonds et châtains lui tombant sur les épaules, me barre le chemin. J'ignore pourquoi elle me sourit. Je dois pourtant bien avoir l'air d'un zombie, quoique l'éclairage des bars fasse parfois des miracles (qui se transforment en cauchemar le lendemain matin quand on retrouve une mocheté dans son lit ou, pire, quand on se retrouve dans le lit d'une mocheté).

Je lui avais souhaité bonne chance quelques instants plus tôt, elle était derrière moi dans la file. Ce qui n'est pas à mon avis une raison suffisante pour s'intéresser à moi. Je lui dois probablement de l'argent. Ou c'est une espionne russe venue pour me tuer. Ou elle fait partie d'une bande de voleurs d'organes, un type va bientôt m'assommer et je vais me retrouver dans un bain de glace dans une chambre d'hôtel avec un rein en moins. Ou bien ses amies ont parié qu'elle n'oserait pas aller parler au mec le plus déprimant qu'on puisse trouver dans la salle. Ça doit être un travelo.

— Fu kan talè néjà ? qu'elle me dit.

— Pardon ?

— Tu t'en allais déjà, qu'elle me répète plus fort, on vient tout juste d'arriver !

Je sais bien que tout ça n'est qu'un rêve, elle est bien trop belle avec ses grands cils qui papillonnent devant mes yeux, l'insomnie commence à me donner des hallucinations maintenant. Le délire total.

— Oui, je m'en vais, c'est mieux pour tout le monde, que je lui crie, à cette hallucination.

— Pourquoi, t'es un maniaque ? (Sourire en coin, espiègle, elle est parfaite, c'est fou.)

Elle me parle *dans* l'oreille, la joue appuyée contre la mienne, ses cheveux doux et dorés glissent sur ma peau. Je subis sa fraîche odeur, elle vient sûrement de se doucher. Je sens un mamelon durci sur mon bras. JE SENS UN MAMELON DURCI SUR MON BRAS.

— Oui, je suis un maniaque. Je m'en vais, ce sera mieux pour toi et moi.

— Pour moi ?

Elle n'a pas l'air convaincue. On croirait qu'elle veut que je reste. J'insiste :

— Ben oui, ce sera mieux pour toi, parce que je suis quelqu'un de vraiment formidable. On va jaser toute la soirée, on ira prendre un café à trois heures du matin en riant comme des dingues, tu vas vouloir qu'on se revoie, on ira bouffer ensemble dans des restos sympathiques, on va baiser des nuits entières et ce sera le meilleur sexe qu'on aura connu, on va tomber follement amoureux et on va se trouver un magnifique loft sur le Plateau-Mont-Royal pour habiter ensemble et tout ira pour le mieux et dans quelques années je vais te laisser tomber et même pas pour une autre fille, non non, seulement parce que je m'ennuie soudainement et je serai même pas capable de t'expliquer pourquoi je pars et tu vas me détester pendant longtemps jusqu'à ce que tu finisses par m'oublier. Alors j'aime mieux qu'on se quitte tout de suite. C'est plus prudent. Je te rends service, crois-moi.

Je donne un baiser sur chaque joue à cette créature impossible, sans lui laisser le temps de réfléchir. J'émerge du nuage de fumée dans la rue Saint-Denis au son des Chemical Brothers. La porte se referme, je n'entends plus que la basse qui cogne dans les fenêtres. Il pleut. Je dépasse sans les regarder les fêtards impatients d'entrer. Ce n'est pas ma nuit d'insomnie, alors je m'en vais dormir. Dix minutes dans un bar, je laisse derrière moi vingt dollars et une fille de rêve. Je regarde discrètement par-dessus mon épaule pour voir si quelqu'un me suit. Le top modèle. Ou les voleurs d'organes. Il n'y a personne.

J'arrive chez moi mouillé comme une couche de poupon. Je m'essuie les cheveux et je me fais jouer un vieil album des Stones pour m'aider à me détendre, étendu à poil sur mon divan en faux cuir de vraie vache rouge, enroulé dans une vieille couverture en flanelle. J'associe trop le lit au sexe pour y dormir convenablement cette nuit.

Curieusement, je n'ai pas sommeil. Mon regard se pose un peu partout dans l'appartement à la recherche d'un stimulus visuel. Rien d'intéressant. Jagger me chante *No expectations*.

J'ouvre un bouquin au hasard, je lis quelques pages, éclairé par une faible lampe qui m'oblige à plisser les yeux. Et puis la fatigue s'installe. Je serais fou de ne pas en profiter, je balance le livre par terre et je ferme les yeux.

Miracle, je m'endors.

Qu'on me foute la paix.

□ □ □

Je me réveille en sursaut, ça sonne à la porte. Assis dans mon lit, je reprends lentement conscience. Le temps que j'arrive à me mettre debout, l'individu est sans doute déjà loin. Je bâille un bon coup et je me dirige vers la salle de bains en me grattant les couilles.

J'ai eu la drôle d'idée de prendre une journée de congé.

La radio m'informe que nous sommes mercredi, qu'il fera beau et qu'il y a eu des drames passionnels un peu partout hier soir. Au moins, dans ma condition, je ne risque pas un drame passionnel. Hahahaha. Comique.

Vers midi ça sonne à ma porte, un barbu et une vieille dame m'invitent à venir peindre avec eux une murale sur une usine abandonnée pas loin d'ici et d'y «planter des plantes». J'essaie réellement de leur sourire, en prenant tous les dépliants qu'ils me tendent. Je leur dis merci merci et je referme la porte en oubliant de répondre à leur invitation. Je vois leurs yeux piteux implorer mon aide juste avant de fermer et je me cherche une poubelle pour déposer toutes ces brochures.

Vers treize heures ça sonne à ma porte, une brunette pulpeuse avec de gros lolos me pose aussitôt des questions sur mes habitudes de lecture. Je réponds nonchalamment, légèrement amusé par son regard qui se pose sans cesse sur mon absence de pantalon. Ça moule une verge, de vieux sous-vêtements blancs. Je m'excuse auprès d'elle alors qu'elle essaie de me vendre un abonnement à un club du livre. La porte ne claque pas, sa poitrine a sans doute encaissé le choc.

Vers quatorze heures, à mon grand étonnement, personne ne sonne à ma porte. J'en profite pour m'habiller.

Vers quinze heures ça sonne à ma porte, un nain bossu vêtu d'une peau de loup me tend deux sacs de pommes en hurlant d'une voix de ferraille «essircnom semmop semetehca! ESSIRCNOM SEMMOP SEMETEHCA!» Je me pisse de terreur sur la jambe. Quelques instants plus tard, me voilà moins riche de dix dollars, seul dans mon appartement avec deux sacs de pommes. Je n'ai pas le temps d'y goûter, on m'appelle. Pour me vendre une assurance vie. Je suis constamment en danger, me précise-t-on avec une voix inquiétante. Les envahisseurs sont là! Leurs yeux lancent des rayons mortels! J'envoie chier et je raccroche.

Vers quinze heures cinquante-cinq, j'évite habilement les intrus en allant faire un tour. J'étrenne mon manteau sans manches acheté à New York, je veux profiter des derniers beaux jours avant la fin des terrasses. Je croise une vieille dame cachée dans un manteau de fourrure trop grand pour elle qui semble chercher quelque chose et qui me regarde. Je m'arrête. Elle me tend la main en me demandant de l'argent. Je recule d'un pas, grimaçant, et je continue mon chemin.

C'est la dernière fois de ma vie que je prends congé la semaine.

Il doit y avoir en ce moment des dizaines de gens qui se bousculent à ma porte, soucieux de m'apporter le bonheur, et moi, l'ingrat, je les fuis. Je m'installe à la terrasse des Deux Marie, devant un grand bol de café au lait plein de mousse. Je jette vaguement un œil sur les filles qui magasinent leurs vêtements d'automne. Une joufflue en pantalon de coton ouaté rose laisse son chien lui lécher le visage. Elle semble bien s'amuser. Il ne se léchait pas le cul, ce chien, il y a deux minutes ?

Le bonheur, c'est un gros chien qui nous lèche la face.

Il y a sûrement quelque chose que je n'ai pas encore compris, côté bonheur. Je me retrouve à trente ans incapable de m'engager dans quoi que ce soit, sans fric, sans amour et sans projets. Mon boulot de disquaire m'évite de prendre des décisions compliquées, pas assez de fric pour élever des marmots, trop de fric pour me plaindre d'être exploité, juste assez de fric pour rester au milieu de nulle part. Branleville-sur-mer, un habitant. Pas de magot caché quelque part pour me permettre de partir quelques mois loin de tout au fond d'une ville exotique pour faire le point sur ma vie. Est-ce mon boulot qui me donne l'impression de stagner ? Peut-être est-il temps de dépoussiérer mon C.V. et d'aller me faire voir dans une nouvelle entreprise ? Oui, mais où ? Je ne connais que les disques, tout ce que je sais faire de ma vie, c'est vendre de la musique aux gens. J'en ai marre de tous ces disques. J'en ai marre des gens qui les achètent.

Est-ce que je me trompe ou ai-je un peu perdu mon temps dans la vie ? Qu'est-ce que j'ai fait de mon temps ? Suis-je capable d'aimer quelqu'un plus de six ans ? Suis-je encore capable d'aimer ? Est-ce que je veux qu'on m'aime ? Pourquoi voudrais-je qu'on m'aime ? Vais-je me trouver une fille à aimer ? Vais-je l'aimer juste pour me prouver que je suis capable d'aimer plus de six ans ? Sommes-nous sur terre pour changer quelque chose ? Ai-je changé quelque chose ? Pourquoi ne puis-je plus faire mon petit boulot tranquille sans me poser de questions ? Pourquoi depuis une semaine la moindre de mes pensées finit-elle par un point d'interrogation ? J'ai envie de fuir mais fuir je ne sais quoi. Et puis trop souvent ce qu'on fuit nous colle aux fesses et nous suit partout où l'on va, même si c'est en courant très vite dans tous les sens.

J'ai la vague impression que ma petite voix intérieure a momentanément perdu la boule. Je n'ai plus aucune certitude, plus de désirs. La vue des jolies filles me déprime et m'émerveille à la fois, l'idée d'être guidé par des pulsions sexuelles me répugne, j'aurais envie de me coller contre le corps doux et chaud d'une inconnue et de dormir cent ans. Mais je n'ai pas la force d'aller vers elles. Alors elles passent. Je bois mon café. Désabusé. Désemparé. Désœuvré. Désagrégé. Désastreux.

Je vis chez moi comme à New York la vie légère d'un vacancier qui regarde le monde sans pouvoir s'en mêler. Je suis un touriste. Avenir-sur-mer, *no vacancy*.

Putain, il faut que je réfléchisse un peu, que pourrais-je faire de ma vie ? Je sais vendre des disques, je suis constamment assis dans les salles de cinéma ou en train de lire deux ou trois livres à la fois. Critique de cinéma ? Pas mon genre.

Tiens, je pourrais écrire un livre? Me mêler à la foule de trentenaires du Plateau-Mont-Royal qui rêvent d'être publiés. Et puis c'est la parfaite excuse pour passer des heures devant un café à la terrasse des Deux Marie, «Ouais, tu vois, ces temps-ci je travaille mon roman, un genre d'auto-fiction, tu comprends, j'avais des démons à exorciser…» Mais il faut que je me rende à l'évidence que ce n'est pas du tout pour moi, je prends des heures à remplir la moindre carte de souhaits, avec chaque fois un message d'une banalité déconcertante.

J'imagine le résultat que ça pourrait donner, une plaquette de soixante pages relatant le peu de chose qui se passe dans ma vie. Dommage que le titre *L'Insoutenable Légèreté de l'être* soit déjà pris. *Cent ans de solitude*? *La Nausée*? *L'Homme invisible*? Je pourrais citer un poète en ouverture, c'est vachement classe, les citations. Rimbaud par exemple : «Moi! Moi qui me suis dit mage ou ange, dispensé de toute morale, je suis rendu au sol, avec un devoir à chercher et la réalité rugueuse à étreindre! Paysan!» J'ai au moins la citation mais bon, je ne crois pas posséder la vie qu'il faut pour l'immortaliser dans un bouquin. Pas d'enfance difficile, pas de prostitution à l'adolescence, aucun grand drame à surmonter. Le calme. Plat.

Oublions les romans.

Que sais-je faire, donc? Réfléchissons un peu, l'adolescence… Avant que les conventions de la vie d'adulte me rattrapent, qu'est-ce que je faisais? J'étais excellent en dessin, je me souviens d'avoir rempli des pages et des pages de papier brouillon que mon père rapportait de son boulot, j'inventais des bandes dessinées dont le scénario, assez limité je dois dire, consistait en quelques héros qui flinguaient des bandits avec des armes ultra-sophistiquées et les poursuivaient en voiture pour créer de formidables accidents, catastrophes et explosions. Je m'étais découragé après avoir fréquenté une bande de gringalets beaucoup plus talentueux que moi. Ils créaient des personnages par dizaines, des planches complètes en couleurs avec un scénario cohérent et un style que je n'avais pas du tout. Moi, j'avais des brouillons sur du papier recyclé. J'ai cessé peu à peu de dessiner, ne sachant pas du tout à quoi tout ça pourrait me servir. Je constate que ça ne m'aurait probablement servi à rien, un des plus doués de la bande travaille depuis des années dans l'entrepôt d'Ikéa, il a un je ne sais quoi de désespéré dans le regard et plus de cheveux. Il ne me reconnaît pas quand je le croise, poussant mon chariot rempli de planches en bois pâle non verni vers les caisses.

Ensuite, ce fut les livres. Je descendais les quelques marches de la bibliothèque et un monde nouveau s'offrait à moi. Tous ces livres qui attendaient d'être lus! Il n'y a pas la moindre bande dessinée, le moindre roman de Bob Morane qui ne me soit passé entre les mains. Je connaissais le personnage d'Henri Vernes à un point tel que j'aurais pu faire une thèse d'université sur les quelque cent cinquante romans de Bob Morane qui existaient à l'époque. Pendant les congés scolaires, j'en lisais un par jour. Parfois deux, quand il pleuvait. Les bibliothécaires me connaissaient bien et m'informaient constamment des nouveaux arrivages de livres.

Mais que faire de tout ça? L'enseignement ne m'a pas intéressé plus que les autres métiers, et j'ai donc choisi d'aller travailler chez Scratch très tôt, après quelques vagues études littéraires. Quand j'avais vingt ans, il était infiniment plus *cool* de travailler dans une boutique de disques que de se préparer à enseigner la littérature. À trente ans, je ne sais pas. Je me sentirais sûrement plus adulte avec une classe attentive devant moi qu'assis un café à la main à me demander ce que je vais faire de ma vie, solitaire et sans métier, exactement comme à quinze ans mais avec quinze ans de moins pour y penser.

J'aimais l'escrime, étrangement. Je m'étais inscrit à une session d'initiation au cégep, c'est un sport individualiste où j'étais anormalement bon, étant donné mon désintérêt total envers les sports et la compétition en général. J'avais une fougue surprenante et je ne clignais presque jamais des yeux sous mon masque. Les autres élèves me craignaient, non parce que je gagnais souvent mais bien à cause de mes méthodes d'attaque puissantes et sauvages, les fleurets de mes adversaires volaient en tous sens. L'instructeur ne m'a jamais incité à poursuivre et à m'inscrire dans les tournois, sans doute à cause de mon manque total de style et de ma hargne de désaxé. Je ressemblais plus à un dément Gaulois armé d'une hache sur le champ de bataille qu'à un délicat gentleman provenant d'une famille riche du dix-septième siècle. J'abandonnai. Et puis le sport demande trop de discipline pour un paresseux dans mon genre. Oublions l'escrime.

Alors quoi?

Dresseur de puces? Pirate? Champion de yo-yo?

Je constate avec embarras une chose simple et terrifiante : mes parents m'ont donné une vie et je ne m'en suis pas servi encore. Elle jaunit dans son emballage de plastique.

Il me semble que dans mon couple laveuse-sécheuse je me posais moins de questions.

Je m'étais lentement installé dans un confort tranquille et anesthésiant, mon seul problème étant de ne pas en avoir, et j'aurais pu continuer à vivre ainsi très longtemps sans tout remettre en question. Il aurait été facile de me mentir et d'accepter la vie hermétique et routinière que nous avions bâtie à deux, sans le moindre souci provenant du monde extérieur. Mais était-ce vraiment vivre ? Je vois cette étape aujourd'hui comme une espèce de mort lente, et je suis convaincu que je nous ai rendu un précieux service à tous les deux en la laissant. J'ai remplacé mon ennui en couple par un ennui solitaire. Sans doute est-ce plus sain. Il reste à me trouver quelque chose à faire maintenant.

Vivement l'hiver.

J'aimerais que ma cervelle hiberne, qu'une belle couche de neige d'une blancheur virginale recouvre doucement mes angoisses et ne me les ramène qu'au printemps. Ou jamais. Je pourrais vivre sans.

Il y a Annie qui passe tout près de moi, chargée de sacs blancs d'épicerie. Elle a l'air cafardeuse, elle aussi. Je la croyais partie vivre en Italie avec son mec, voilà probablement un autre couple qui a foiré. Rien de nouveau. Je n'ai pas la force de lui faire signe de mes doigts gelés pour signaler ma (faible) présence, et puis elle a l'air pressée alors je la regarde s'éloigner. Tout de même, quelqu'un d'encore plus mal en point que moi me racontant ses ennuis aurait pu m'apporter un certain réconfort. Mais je n'ai pas envie de me faire du bien. Elle n'est plus là, elle redevient un souvenir. Comme ma bonne humeur.

Je me sens seul tout à coup. Ça fait longtemps que je n'ai pas jasé avec un copain devant une bière. Je repense à ce pauvre Alex, je devrais l'appeler, lui qui a eu à me supporter dans les rues de New York pendant de longues journées. Je ne sais pas s'il se remet enfin de ne pas avoir revu la fille de l'autobus qui, finalement, ne séjournait pas au *Puke Palace* comme elle le lui avait laissé croire. Il refuse d'accepter qu'une fille lui ait résisté. Nous étions ridicules à voir, un vacancier dans un état de prostration avancé et l'autre abasourdi de savoir qu'une femme s'était foutue de sa gueule. Il arrêtait à chaque hôtel minable pour demander s'il n'y avait pas une Florence accompagnée d'une Isabelle dans une de leurs chambres. Les tristes aventures de la famille Zombie à New York. Le retour fut long et silencieux.

J'ai froid, je comprends pourquoi je suis seul sur la terrasse. On gèle! Je me décide à partir (pour aller je ne sais où, mais je suis décidé quand même) et il se met à pleuvoir. Monsieur Météo nous a encore menti. L'enfant de chienne. On ne peut plus se fier à personne, vraiment. Je déambule de boutique en boutique pour éviter la pluie, je fouille vaguement parmi les piles de vêtements, mais je n'ai pas envie de me payer du neuf. Je tripote un peu les tissus, je déplie quelques chemises, je grogne d'impatience en essayant de les replier (chez moi il n'y a que les bas et les *boxers* qui ne sont pas sur des cintres) et je marche en vitesse jusqu'à la boutique suivante. Je laisse derrière moi une traînée de chemises mal repliées et de vendeurs exaspérés. Les chiens attachés devant les commerces de la rue Saint-Denis me regardent piteusement, grelottant sous la pluie froide. Je dois leur ressembler un peu avec ce spleen qui me colle aux fesses. J'aboutis dans une librairie, où je m'offre quelques nouveautés en format de poche, et je retourne chez moi avec un journal (gratuit) sur la tête. C'est un temps pour s'évacher sur un divan. Certains diraient que c'est un temps pour regarder la télé, mais je n'y peux rien, je n'en ai pas, je n'en veux pas, j'en ai eu, je n'en veux plus.

□ □ □

Et voilà une autre journée qui se lève, amère comme la première gorgée de jus d'orange après s'être brossé les dents. Je n'en finis plus de me raser, j'échappe tout, la mousse à raser, fraîche et crémeuse, ne réussit même pas à cacher mon air bête. La buée d'après douche m'étouffe et le bruit irritant du ventilateur de la salle de bains me gruge les nerfs. Je me vois à peine dans le miroir embué, ça m'évite au moins de contempler mon air hagard et mes yeux rougis. Aujourd'hui je rentre au travail. J'essuie deux légères entailles rougies par le sang et j'enfile un t-shirt et une veste à long col. C'est un de ces jours où je me sens frileux, avec cette envie d'être invisible, emmitouflé dans des vêtements confortables.

À l'extérieur les bourrasques m'assèchent les yeux, pas d'erreur c'est l'automne, avec son bruit de feuilles mortes charriées en tourbillon par le vent. Je me rends au travail par la rue Duluth, surpris d'y voir tant de touristes, c'est la saison où les Français viennent nous voir à rabais. Ils s'égaillent dans tous les sens chaque fois qu'une voiture passe, déstabilisés par l'apparence d'une rue piétonnière qui n'en est pas une. Une agréable odeur de bois brûlé me parvient, je la respire un bon coup avant d'entrer chez Scratch avec du café et des croissants pour Janet et moi. Elle arrive au moment où j'allume les lumières, vêtue d'un manteau long en suède beige et de hautes bottes noires. *Muy sexy! Ay ay ay!* Son petit air endormi est tout à fait charmant, il y a quelque chose d'impudique à voir quelqu'un si tôt le matin, comme si les gens traînaient avec eux une partie de leur intimité. En s'étirant mollement devant moi comme elle le fait, elle me donne l'impression que j'assiste à son lever du lit. Elle ouvre grand les yeux, sourit et tend les mains en voyant le café, avec un grognement significatif. Nous dévorons les croissants avant l'arrivée des premiers clients, cette fille qui mange avec appétit m'a redonné le mien. Réveil tranquille au son d'un disque de bossa-nova. Je souris, mon premier sourire sincère depuis longtemps.

Je passe le temps en fouillant dans les catalogues. Un genre de prof de philo retraité, comateux et confus s'approche de moi. Il a dans la main un disque de Mireille Mathieu et me demande s'il est bien chanté en allemand. Je réponds « oui », avec le signe de tête correspondant. Il pose de nouveau la question. Je confirme. Il change l'ordre des mots et me demande encore la même chose. Affirmatif. Il me demande s'il peut l'écouter, il voudrait VRAIMENT s'assurer que ce disque est chanté en allemand. J'ai beau lui dire de toutes les façons, ce bonhomme ne partira jamais d'ici avant de l'avoir écouté. Je lui grimace un sourire en arrachant l'emballage plastique. Le vieil emmerdeur a gagné. Ou c'est moi qui commence à faiblir, ou ce sont les clients qui se font de plus en plus coriaces. J'applique mon truc habituel pour me calmer les nerfs, je ligote Monsieur Casse-couilles en pensée, je le pose sans ménagement sur un nuage noir et je souffle dessus pour le regarder s'éloigner. J'ouvre les yeux. Il écoute, inexpressif, son putain de Mireille Mathieu en allemand, les mains dans les poches de sa veste puant la pastille d'urinoir. Après moins d'une minute, il repose les écouteurs sur le comptoir et se dirige vers la sortie.

Je reste figé, sans trouver d'insulte assez efficace à hurler avant de lui sauter à la gorge. Il me dit, juste avant de sortir :

— Merci, je ne l'achèterai pas, finalement, elle chante en allemand.

Il s'en va.

Il s'en va sans me laisser le temps de lui arracher les dents et de lui crever les yeux avec.

Janet revient de son dîner. Elle me demande, inquiète, pourquoi il y a des milliers d'éclats de plastique derrière le comptoir.

— C'est les restes d'un Mireille Mathieu en allemand, je lui réponds.

Je traîne mon air hagard jusque dans l'arrière-boutique à la recherche du balai. Je le retrouve derrière le Pavarotti grandeur nature en carton, sur lequel nous avons collé la tête de Celine Dion™. Un monstre. Je retourne balayer mon carnage sans regarder Janet, qui n'ose pas m'interroger davantage.

De retour dans l'arrière-boutique, où j'ai bien envie de passer le reste de la journée, j'allume l'ordinateur pour m'occuper des commandes spéciales reçues par courrier électronique. Quand quelqu'un cherche l'introuvable disque, c'est à moi qu'il s'adresse. J'ai dans le domaine un réseau de contacts diablement efficace, et le peu que je sais me servir d'Internet est consacré à la recherche de ce qui semble ne plus exister.

Livré en deux semaines. Prix élevé. Les gens sont prêts à vider leur compte en banque pour se procurer un enregistrement pirate d'un concert de Björk à Dublin ou de Radiohead à Seattle. Je n'ai franchement jamais compris pourquoi.

Il y a un message d'Alex que j'ouvre en priorité. Il m'envoie le nouveau texte qu'il a écrit pour Sandrine et me demande ce que j'en pense. Ça s'appelle *Hors saison* :

Hors saison au bord de la mer
Étourdie
J'arrête le manège
Hors saison j'attends la neige
Je fais place
Aux replis de l'hiver

TU NE SAIS RIEN DE MOI
C'EST POUR TON BIEN
TU NE SAURAS JAMAIS « TOI ET MOI »
C'EST POUR LE MIEUX

Hors saison au bord de la mer
Étonnée
Je me retrouve enfin
Hors saison j'attends la neige
Hors du temps
De retour au printemps

TU NE SAIS RIEN DE MOI
C'EST POUR TON BIEN
TU NE SAURAS JAMAIS « TOI ET MOI »
C'EST POUR LE MIEUX

Je relis le texte deux ou trois fois, un peu étonné. C'est drôle, mais j'ai la vague impression que j'ai réussi à lui inspirer cette chanson. Il me connaît encore mieux que je le pensais. Je suis presque content que ma déprime puisse l'inciter à écrire des succès radiophoniques. J'en ai assez pour inspirer un album double, au besoin. Je lui réponds que s'il continue à me fouiller le crâne à la recherche d'inspiration, il aura mes avocats aux fesses. Je rajoute que j'avais l'intention de m'excuser pour ma mauvaise humeur à New York mais qu'étant donné qu'il en profite pour s'inspirer, je n'en ferai rien. Je le traite de charognard vérolé, lui disant qu'il est rendu bien bas, à déchiqueter les entrailles de ses amis comme un vautour pour faire la pute dans les radios. Il va adorer. J'appuie sur « envoyer », avec un air satisfait. Je réponds à quelques demandes spéciales des clients, leur indiquant par courriel les sommes impensables qu'ils devront débourser.

Vers seize heures, juste au moment où j'allais lever le cul de ma chaise pour aller bavarder avec Janet, un courriel d'Alex m'arrive. Un petit message tout simple : « Salut, *Deejay*! Si t'es sur Internet en ce moment, va voir ce site et clique sur la *webcam*: www.folies.tv ». J'hésite, mais alors là beaucoup, parce que si c'est ce que je pense, il va m'arriver malheur. Mais, comme d'habitude, la curiosité l'emporte sur la prudence et je clique sur le lien Internet souligné. Une page s'ouvre, confirmant ce que j'appréhendais. Je promène la souris et j'appuie sur *webcam*. Le désastre.

S'ouvre un rectangle où je peux admirer, en direct, la faune qui prend un café dans ce petit bistro sympathique de la rue Mont-Royal, coin Berri, que je n'ai jamais visité. La raison pour laquelle je sais que c'est un endroit sympa sans y avoir été est très simple : mon ex m'en parlait tout le temps. J'ai devant les yeux l'endroit où Sophie a établi son quartier général. Un frisson d'horreur me parcourt le dos juste à y penser, avec cette putain de *webcam* je peux l'épier et surveiller ses fréquentations, aussi facilement que si on avait planté la caméra dans son salon. Une nouvelle image de sa vie toutes les quinze secondes. Oh bordel. Je remarque Alex assis devant son ordinateur portatif branché au mur, il me fait face à la table que je vois au premier plan. Il parle dans son cellulaire et semble me regarder. Je cherche Sophie, mais c'est peu probable qu'elle soit là, ils se seraient croisés. Il semble qu'Alex a oublié que je ne m'approchais plus de cet endroit, malgré mon envie d'aller au moins y faire un tour. C'est un accord que j'ai conclu avec mon ex, lors d'un de nos rares appels téléphoniques pour régler des trucs, je gardais le Byblos et elle Les Folies, tandis que l'Eldorado était au premier arrivé, se rencontrer par hasard n'étant pas dans nos projets d'ici la fin des temps. Je ne distingue à peu près rien, il y a des brunettes frisées partout. Je vois mal la terrasse, mais elle n'est sûrement pas dehors avec ce vent. Je reviens à Alex, qui semble composer un numéro sur son portable. Mon téléphone sonne. Je décroche après un quart de sonnerie, en équilibre sur ma chaise, les membres raides et l'œil exorbité.

— Salut, Dan! T'as lu mon courriel?

— T'es con, mon vieux!

— Con? Je voulais te montrer les filles bandantes qu'il y a ici! Je crois bien que j'ai trouvé un paradis d'inspiration! *Wow!*

— Euh… Dis donc, est-ce que tu sais au moins que mon ex risque de débarquer n'importe quand? Elle a peut-être usé la chaise où t'es assis en ce moment avec ses fesses! Elle est tout le temps là! Tu veux absolument la croiser?

— Euh… Woups.

Je le vois se retourner pour inspecter les lieux.

— Elle est pas là, pauvre con, j'ai regardé, que je lui dis, pour lui indiquer que je sais ce qu'il fait.

— Ah, euh, j'suis désolé, je savais pas que c'était une zone sinistrée ici.

— C'est bon, moi, je vais essayer d'oublier que la caméra existe, je tiens pas à passer des journées à surveiller mon ex, bordel! T'avais quelque chose à me dire?

— Non, non…

— O.K., bye.

Je ferme toutes les fenêtres sur l'écran d'une main en raccrochant le téléphone de l'autre, je me lève et je retourne dans la boutique pour me changer les idées. Il y a foule, ça m'occupe un peu. Mais j'ai beau essayer de penser à autre chose, je revois sans cesse l'image que projette la caméra et sa capacité à m'informer sur ce que fait mon ex, même si je n'ai pas vraiment envie de la voir sur mon écran d'ordinateur, que ce soit seule et malheureuse ou resplendissante de joie dans les bras d'un autre. J'ai une espèce d'attirance morbide envers ce petit jouet. Pas bon. Vraiment pas bon. Je ne veux pas m'en servir. Voit-elle encore nos amis communs? Je ne veux pas m'en servir. Aurait-elle un nouveau copain? Je ne veux pas m'en servir. Je veux m'en servir. Je ne dois pas m'en servir.

— Pardon, monsieur, avez-vous du flamingo?

J'émerge de mes pensées. Une jeune femme avec la bouche comme une chambre à air dégonflée me regarde.

— Du quoi?

— De la musique flamingo, ça vient du Mexique, vous connaissez pas ça? J'écoutais ça dans mon voyage à Caillot-Coco. Il y a de la guitare dedans. Du monde qui crie en tapant avec des robes pis des moustaches. Vous connaissez pas ça?

—Désolé, ma p'tite madame, Flamingo, ils vendent de la dinde, pas de la musique. Par contre, je peux vous montrer notre section de musique flamenco espagnole.

— Non, merci, c'est pas DU TOUT ça que je cherche, monsieur! JE VAIS ALLER AILLEURS.

Elle appuie sur chacun de ses mots en tentant de m'offusquer. Je lui suggère d'aller à l'épicerie. Une vieille me demande qui a composé le *Boléro* de Ravel. Je lui propose quelques versions de l'œuvre sans répondre à sa question. Un jeune musclé épilé me tend un papier où il est inscrit «Goodbye Grincheux». Par les Peach Boys. Je lui demande s'il parle anglais. Pas du tout, qu'il me dit. Je m'en serais douté. Je lui donne une compilation des Beach Boys incluant «Good vibrations». Il est heureux. «Quand je danse là-dessus, les filles y crisent!» Je lui fais un sourire compatissant en lui indiquant le chemin vers la caisse. Un barbu me demande si j'ai des opéras chantés par Carmen. Un touriste français me demande si je connais Celine Dion™. Qui?

Décidément. La pleine lune approche. Un jeune couple tout mignon cherche le dernier disque de Dumas, qui est juste devant leurs yeux. Je leur donne le CD et la fille s'écrie, d'une voix grinçante : «Ah mon Dieu! Y m'aurait sauté au visage!»

Conseil de survie # 10

Contrairement à la croyance populaire, les disques ne sautent pas au visage. C'est une rumeur largement répandue, mais aucun cas n'a été répertorié jusqu'à maintenant. Évitez donc d'employer à outrance cette expression, surtout que dans la journée au moins vingt personnes l'ont utilisée avant vous. Vous éviterez ainsi de nous taper sur les nerfs, ce qui ne peut que vous assurer un service de meilleure qualité.

Good, good, good,
Goodbye Grincheux !

□ □ □

Je peux facilement résumer ce que j'ai fait les deux derniers jours : rien. Si j'entre dans les détails, ce n'est pas beaucoup plus excitant. Dimanche, je suis resté chez moi parce que je n'avais pas envie de voir les gens. Juste l'idée d'avoir à adresser la parole à quelqu'un me répugnait. Je n'ai même pas eu la force de nettoyer la machine espresso et de la mettre en marche. Je me suis extirpé du lit vers midi, fatigué d'avoir trop dormi, et je me suis traîné jusqu'au divan. J'ai feuilleté sans conviction le catalogue Ikéa, croyant que l'envie d'une *Bagossen* ou autre *Inutiliten* activerait chez moi une certaine activité cérébrale, mais non. Rien. Au plus fort de mon inactivité, je me souviens de m'être levé pour aller pisser, d'être revenu m'échouer sur le divan et, deux heures plus tard, d'être retourné pisser sans avoir fait quelque chose de notable entre les deux. Rien d'autre qu'être assis là, à me demander quoi faire de ma journée, pourquoi je le ferais, s'il n'y aurait pas autre chose à faire à la place et si de toute façon ça vaudrait vraiment la peine de le faire. Je ne me souviens pas d'avoir pris ma douche, ni de m'être brossé les dents. Je deviens dégueulasse.

Et le lundi, ce n'était pas vraiment mieux. J'étais coincé chez moi parce que c'était jour férié, alors même si j'avais voulu me réfugier au travail je n'aurais pas pu. Enfin, oui, j'aurais pu, mais il est mal vu de passer le jour de l'Action de grâce dans une boutique de disques fermée.

Il y a quand même eu un peu plus d'action, le téléphone a sonné. Heureusement ce n'était pas un de ces vendeurs à la con (ils devaient être en congé eux aussi). C'était ma mère qui tenait à m'informer que je n'appelle pas souvent et qu'il n'y avait rien de neuf de son côté. Je n'ai pas osé répondre, ou pas eu la force, je ne sais plus trop, bref je l'ai écoutée laisser son message réprobateur sans broncher. Un peu plus tard, écœuré du silence, j'ai été sous la douche, le bruit du jet d'eau me ramenant tranquillement à la vie. Et puis en vrac : brossage de dents, rasage de poils, lavage de vaisselle, ce genre de trucs de base ennuyeux qui nous distinguent des animaux. Il y a des gens qui vendraient leur âme pour avoir tout ce temps libre et moi, je ne sais même pas quoi en faire. Je ne sais pas quoi faire de mon âme non plus.

C'est surprenant, parfois je peux penser que j'ai atteint le fond et puis hop, je découvre une petite porte et un escalier que je n'avais pas repérés au départ, et je m'enfonce un peu plus dans ma déprime. Pour ça, je n'ai vraiment pas de limites.

□ □ □

La boutique est déserte, la rue est déserte, comme si la pluie glacée avait désintégré tout le monde. Il n'est pas entré le moindre client depuis trente minutes, Layla est assise sur le comptoir et fait des bulles avec sa gomme en donnant des coups de talon, au rythme du disque de Daniel Boucher (qu'elle écoute trois fois par jour). Elle a son livre de géopolitique ou quelque chose dans le genre posé sur les genoux.

Rien.

Il ne se passe rien.

Layla marmonne en soulignant en jaune des passages de son livre. Il pleut sur les feuilles mortes. Je m'étire. Je dessine lentement un ours avec l'index dans la buée de la vitrine. Je repense à la *webcam*. Il faut que j'y aille. Il ne faut pas. Reste ici. Dessine des ours.

Incapable de résister plus longtemps, je me dirige, en transe, vers l'arrière-boutique. J'allume l'ordinateur. Pas bon, pas bon, ne fais pas ça. Clic clic, liste de mes liens Internet, voilà que la *webcam* du Folies s'ouvre à moi. Où est-elle? Avec qui? Je cherche rapidement, sans cligner des yeux. Je ne respire plus. Non. Ce n'est pas elle. Là non plus. Elle n'est pas là. Je recommence à respirer.

Agréablement déçu.

Je retourne au comptoir pour regarder un peu dans le vide. Faire le vide. Sombrer dans le vide. Avoir la cervelle qui tourne à vide. Vie de chien.

Ce ne sont pas des blagues, quand l'homme dit qu'il ne pense à rien il ne pense *à rien*.

Tiens, je sens que je deviens invisible. C'est un don que j'ai. Je ne parle pas de cette impression que nous avons parfois de manquer de charisme, chose qui nous arrive tous un jour ou un autre, et qui fait qu'on passe la journée à se faire bousculer parce que personne ne nous remarque, non. Je parle de devenir invisible, transparent.

Voici comment ça se passe : je suis bien assis sur le tabouret, les pieds appuyés au sol, les bras croisés. Musique insignifiante, pas de client venu poser une question idiote depuis au moins dix minutes, absence totale de stimulus sensoriels. Évidemment, un état de lassitude avancé causé par la routine et l'ennui aide grandement la mise en marche du processus.

Au départ, c'est la musique qui devient plus feutrée. Je n'ai pratiquement plus conscience des points d'appui qui me relient au monde visible, je ne sens plus le sol sous mes pieds, ni le banc sous mes fesses. Je n'ai plus que vaguement conscience des quelques clients circulant dans le magasin sans m'apercevoir. Ce n'est pas un voyage astral ou un autre machin mystique du genre où la clarté et l'illumination s'en mêlent, pas du tout, mais ça m'aide tout de même à passer le temps quand je n'ai rien à faire. Si un client me parle, tout se termine brusquement. Je dois ensuite reprendre depuis le début. Faut se méfier des clients. Je ne le dirai jamais assez. Toujours prêts à saloper le peu de quiétude qu'il est possible d'avoir quand on travaille dans la vente au détail, debout à sourire à tout le monde. Ils ne se rendent pas compte qu'on est là pendant sept ou huit heures à affronter leurs questions. «Travaillez-vous ici?» Non mais pourquoi je suis derrière le comptoir, vous croyez? Je me suis perdu peut-être? «Avez-vous le dernier de Mozart?» Tu savais, capitaine, qu'il sort sur les

tablettes au moins deux disques de Mozart par semaine?
Évidemment non. Bon sang. Ces gens vont finir par me rendre
dingue.

— Ça va bien?

Et voilà, c'est raté. Et qu'est-ce qu'il a à me demander si ça
va bien, celui là? Il s'inquiète de ma santé, le docteur? Comme
c'est gentil. Il va prendre mon pouls, tant qu'à y être? Et me
planter un thermomètre dans le cul, pour être absolument
sûr? Je le regarde au fond des yeux en attendant de savoir ce
qu'il me veut. Je mets lentement les mains dans mes poches, il
les regarde, comme si j'allais lui faire apparaître une gerbe de
fleurs ou un lapin. Il continue, voyant bien que je ne vais pas
répondre à cette question.
— Je cherche un cadeau pour ma fille de quinze ans, vous
avez quelque chose de bon à me conseiller?

Il tripote un vieux chapeau beige dans tous les sens. Un
hypernerveux. Ses vêtements sentent l'âne mouillé incon-
tinent.

Conseil de survie # 17

**Ne demandez jamais un disque à offrir en cadeau à
un jeune de quinze ans. Au risque de vous apprendre un
grand secret, les jeunes de quinze ans n'ont pas tous les
mêmes goûts. Et si vous faites la gaffe d'acheter un truc
punk à une fille qui aime la musique pop (ou encore pire :
le contraire!), vous passerez le reste de vos jours dans la catégorie «vieux con».**

Je décide tout de même de l'aider, pour lui montrer à quel point je sais de quoi je parle.

— Donc, une fille de quinze ans, c'est ça?
— Oui, c'est sa fête samedi et…
— Quelle couleur ses cheveux?
— Pardon?
— Je vous demande la couleur de ses cheveux.
— Heu… Châtain blond.
— Queue de cheval, cheveux courts, cheveux longs?
— Queue de cheval, mais je vois pas ce que…
— Voilà.

Je glisse vers lui un disque qui traînait sur le comptoir, produit usiné d'un *boys band* quelconque, nouveauté de la semaine. Je n'ai même pas eu à m'étirer.

— C'est échangeable si elle l'a déjà, mais c'est peu probable.
— Mais comment pouvez-vous savoir…
— C'est simple. Si votre fille avait les cheveux courts teints en bleu, je lui aurais donné un truc punk ou alternatif, mais je vois tout de suite que c'est une fille de bonne famille et qu'elle ne s'est pas encore révoltée, alors hop! *Boys band*!

J'esquisse même un petit mouvement de danse, agitant les mains dans les airs en bougeant mon bassin de façon suggestive pour mimer un de ces chanteurs qui se tortillent dans les vidéoclips, en changeant de vêtements aux dix secondes. C'est l'argument qu'il lui fallait. Il achète le disque sans savoir si je suis génial ou fêlé, s'il se fait avoir ou s'il fait une bonne

101

affaire. Il veut simplement s'en aller. Il me lance un «merci» discret et repart avec ce petit trésor sous le bras. Je lui demande en chantant s'il veut un emballage cadeau, donnant du bassin dans toutes les directions, mais il ne m'entend plus. Je le vois de l'autre côté de la rue ramasser une contravention pour stationnement illégal imbibée d'eau sous l'essuie-glace de sa voiture, y entrer d'un air exaspéré et démarrer en vitesse. Merci et bonne journée. Je balance des petits nuages de désodorisant aux *agrumes arctiques du jardin tropicaux extrême que contient plus d'odeur améliorer* ™ pour effacer son passage.

Layla pose une main sur mon épaule, compatissante, et me suggère fortement de faire une pause, d'aller boire un café, d'aller prendre l'air. J'effraie les clients, qu'elle me dit.

Je me pointe chez Lucas et je m'offre un énorme café au lait. Avec la permission du serveur, je reviens à la boutique avec mon bol et je m'installe devant l'ordinateur. Je le regarde. Longuement. T'as envie d'aller voir, hein? J'appuie. J'attends. Je suis faible. Ma session sur le web ouverte, je clique sur «favoris» et puis sur *webcam*.

Je l'aperçois tout de suite, elle est assise à une table en plein milieu de l'écran. Accompagnée de sa sœur et d'un mec que je n'ai jamais vu. À chaque nouvelle image, j'essaie de comprendre s'il est là pour Sophie ou pour sa sœur, mais plein de trucs m'empêchent de voir. Qu'est-ce qu'il fait? Il lui touche une main? Il prend son verre d'eau? Ce ne serait pas une de ses mains sur la cuisse de Sophie? un sac? Il a l'air de bien les connaître, tout de même. Qu'est-ce qu'ils foutent? Elle lui parle à l'oreille? Elle lui lèche l'oreille? Est-ce une langue que je vois? Elle ne serait pas en train de lui caresser l'entrejambe par hasard? Ah bon sang, il y a quelqu'un debout dans mon champ de vision! Dégage! Avec quatre images à la minute, je perds tous les détails. Et puis c'est flou, je n'y vois rien.

Il n'y a qu'un moyen de savoir.

J'enfile mon manteau sans prendre la peine d'éteindre l'ordinateur. Je traverse la boutique en demandant à Layla de s'occuper de la fermeture, sous prétexte que j'ai une course urgente à faire. Et c'est effectivement à la course que je me rends jusqu'à la rue Saint-Denis. Il faut que je la voie, que je voie qui est le mec, j'ai une envie incontrôlable de fourrer mon nez là où il ne faudrait pas. Le feu sur Saint-Denis passe au jaune, je continue sur ma lancée en traversant comme un écureuil et en espérant qu'il n'y ait pas de voitures de l'autre côté de l'autobus rempli de touristes qui se remet à avancer. Mon feu passe au rouge et je vois un truc arriver sur ma droite. C'est un camion de la poste. Le chauffeur regarde ailleurs et, ne se doutant pas qu'un abruti pouvait surgir devant lui, passe sans ralentir au carrefour.

J'aperçois l'avant du camion rouge et blanc qui arrive vers moi et puis le regard du conducteur qui me voit enfin, terrifié.

L'histoire de «la vie qui défile devant vos yeux avant la mort» est une arnaque. J'ai à peine le temps de retrouver quelques souvenirs d'enfance, rien que des trucs idiots. Un chien roux que j'ai eu en cadeau, un ami dont je n'ai plus de nouvelles, une vision futile de ma mère balançant aux chiottes les tortues puantes de ma sœur, enroulées dans une tonne de papier cul «pour pas qu'elles me regardent avant de mourir», disait-elle. Rien pour me convaincre que j'ai fait ce que j'avais à faire ici et qu'il est temps de partir. Je n'ai que la vision atroce de ce camion blanc et rouge couvert de gouttelettes de pluie et de ce vieux postier, tellement vieux qu'on pourrait croire que la mort l'a oublié il y a une cinquantaine d'années et qu'elle vient me chercher à sa place. Je tends les bras comme Superman, par réflexe plus que pour éviter le choc, et je ferme les yeux. Quelle horrible façon de crever, seul au coin d'une rue, sous les roues d'un camion qui me broie les os et les entrailles, sous les regards obscènes des passants qui observent la vie s'évader lentement de mon corps disloqué, fascinés par le spectacle, impuissants mais incapables de regarder ailleurs. Avec mon ex qui sirote tranquillement un café à quelques rues de là, sans se douter que l'homme qu'elle aura aimé pendant six ans et demi crache du sang, éventré sous un camion de la poste. Elle apprendra peut-être ma mort à la télé, annoncée vite fait aux nouvelles de fin de soirée, ou bien mes parents l'appelleront d'ici quelques jours, ou encore elle ne le saura que dans dix ou quinze ans.

On crève toujours seul comme un chien. Un fait divers. Rien d'important. Les derniers regards que l'on verra seront ceux de proches ou d'inconnus qui n'y peuvent rien et qui continueront ensuite leur bout de chemin.

Je ne veux pas crever.

J'entends enfin un crissement de pneus. Je l'attendais depuis une éternité. Je sens le métal froid et mouillé du camion sur mes mains, je recule, étourdi, titubant et risquant de m'étaler sur l'asphalte mouillé. J'ouvre les yeux et je constate que le camion est arrêté, le conducteur est debout sur le frein. Il ne bouge plus, hésitant entre pisser dans son froc ou avoir une attaque du cœur. Le seul bruit qu'on entend encore est le battement continu des essuie-glaces du camion de la mort. Et puis le temps reprend son cours. Je marche un peu n'importe comment jusqu'au trottoir, j'entends les «Ça va? Rien de cassé, tout va bien?» des piétons inquiets pendant que je continue mon chemin. J'ai les jambes molles et les mains qui se mettent à trembler. Je cherche un endroit où m'asseoir et je repère la terrasse d'un café où il y a encore des chaises, malgré le froid et la pluie incessante depuis le matin. Je sens mon pantalon qui s'imbibe d'eau, mais je m'en fous, je ne tenais plus sur mes jambes.

Je ne suis pas mort.

Le camion passe devant moi, lentement. Le vieux ne me regarde pas. J'imagine qu'il cherche une autre cible, un sacrifice humain afin que la mort l'épargne pour les cinquante prochaines années.

J'ai l'impression absurde qu'on vient de me donner une deuxième chance. Il y avait la mort et la vie, j'ai eu la vie.

Mes mains tremblent encore. Je respire tranquillement pour essayer de me calmer les nerfs. Après quelques essais, je réussis à me remettre debout, en m'appuyant sur la table, comme un vieillard convalescent qui tenterait de s'enfuir de l'hôpital. Je me dirige vers mon appartement, flageolant mais debout, et je passe sans y porter la moindre attention devant le café où Sophie est attablée.

C'est aux regards inquisiteurs des gens que je constate que quelque chose ne va pas. J'ignore ce que c'est jusqu'au moment où l'œil gauche me pique et que j'enlève mes lunettes pour me gratter. J'ai des larmes qui coulent sur mon visage et la pluie ne semble pas les camoufler. La honte me gagne, je me sens encore plus misérable et j'éclate en sanglots d'une façon incontrôlable. J'ai la sensation très nette que mes nerfs m'abandonnent et me laissent dans la rue braillard et vulnérable comme un bambin perdu. J'accélère le pas du mieux que je peux, mes lunettes s'embuent et je respire difficilement entre deux crises de larmes. Pour éviter d'offrir ce spectacle aux yeux de tous, je bifurque dans une rue moins passante, ce qui a pour seul effet d'augmenter la force de ma crise. J'essaie de courir un peu, mais le souffle me manque et je perds l'équilibre, glissant sur les feuilles mortes qui baignent dans les flaques d'eau. Je m'appuie contre un arbre et je m'entends gémir bruyamment, mon corps n'a plus aucune retenue. Je me remets en route d'un pas pressé mais mal assuré, les mains sur le ventre pour alléger les spasmes.

J'arrive chez moi sans trop m'en rendre compte et je retire mes vêtements mouillés en les jetant n'importe où. J'ai froid jusqu'aux os et je me retrouve à genoux complètement nu, je me traîne jusqu'au lit et je m'enroule dans une couverture. J'enfonce mon visage rouge et bouffi dans un oreiller, qui s'imbibe aussitôt de mes larmes et d'eau de pluie. Mon corps grelottant crache et toussote, je déverse ma rage et ma peur, j'avale difficilement de l'oxygène en m'étouffant à chaque respiration. Dans la noirceur de mon appartement, je n'ai plus conscience de rien.

Aujourd'hui j'aurais pu ne plus exister. Crever dans l'indifférence générale en plein milieu de l'après-midi. Mourir est beaucoup plus facile que je ne l'imaginais. C'est à la portée de tous, ça ne demande qu'un court instant d'inattention, un seul faux mouvement. Notre mort est toujours prête. C'est sur cette pensée morbide que je m'évanouis plus que je ne m'endors, le ventre fatigué et la gorge en feu, après avoir déversé ce qui me semble être des litres de désespoir.

□ □ □

Journal un peu trop intime, 27 octobre.

Ce calepin de notes de cours est devenu un journal intime, un cahier de dessins, une grille budgétaire, un guide de trucs à voir en Espagne, il y a de tout ici sauf des notes de cours! Bravo!

Mais bon, j'ai besoin d'écrire un peu… Ces temps-ci, Daniel arrive chaque jour au travail avec une sale gueule de déprimé. Il s'est replié sur lui-même et j'ai peur de perdre la complicité qui s'était développée entre nous. Je ne croyais pas qu'il me faisait autant d'effet, mon petit patron ébouriffé! Je ne sais plus quoi faire ou quoi dire, moins il parle, plus j'ai envie de l'entendre! Sa rupture semble plus difficile à vivre qu'il s'imaginait. Mais qu'est-ce que j'en sais dans le fond?

Ma coloc insiste pour me présenter quelqu'un, mais j'ai de la misère à paraître intéressée, il me semble que tant que je n'aurai pas tenté quelque chose avec Daniel je ne pourrai pas passer à autre chose. Alors j'écris des bêtises, je pense à lui.

Bon, ma coloc me regarde, elle attend, on s'en va se bourrer de gâteau et de café chez Eldorado. Ça va me changer les idées.

□ □ □

Phase 3

Phase dite de la *larve gluante sortant du cocon en clignant des yeux, éblouie par l'insoutenable lumière du jour.*

*Inutile d'attendre le tunnel, la lumière
il y a encore ce collage à finir
j'ai tant d'erreurs de jeunesse encore à faire
que ça me flanque le vertige.*

Alex *(Le miroir éclate,* 1997*)*

Cent quarante jours sans sexe. Voilà où mes conneries m'ont mené. Rompre, c'est un peu comme tomber amoureux, on ne s'y prépare jamais assez. Mon carnet de téléphone n'est plus du tout à jour, avec ces noms qui ne me rappellent rien ou ces baises potentielles qui ne sont plus que faux numéros. Après sept ans sans les voir, il y a aussi de sérieux risques de tomber sur des boudins.

Et moi qui croyais bêtement que toutes les filles du Plateau-Mont-Royal accueilleraient mon retour au célibat comme une bonne nouvelle, me confieraient secrètement dans le creux de l'oreille, nues, qu'elles attendaient ce moment depuis longtemps «tu serais un ange, *Deejay*, de me préparer un autre martini, je les adore tes martinis, ils me font perdre la tête». Et moi qui me lève du divan, tout aussi nu, pour aller nous servir des verres, pendant que la belle m'admire le cul dans l'éclairage bleuté de la Lava Lamp. Et soudain le téléphone sonne et réveille une petite boule de stress qui m'explose dans l'estomac à l'idée qu'une telle apprenne l'existence d'une autre et l'inévitable crise de jalousie, toutes ces filles exquises qui me veulent pour elles seules, elles se battent pour mon corps les griffes sorties, ça se tire les cheveux, laquelle choisir? Pourquoi choisir? Dévorez-moi toutes, tout cru tout nu! Ça fait cent quarante jours que j'en rêve. À en juger par la joufflue que j'ai en face de moi, ce n'est pas ce soir que prendront fin mes tourments.

On ne se méfie jamais assez de nos amis pendant les périodes difficiles. Ces gens, qui feraient tout pour nous aider, arrivent à nous mettre dans des situations particulièrement embarrassantes. Je n'ai pas de voiture, je suis loin de chez moi, alors c'est sûr que la joufflue va s'offrir pour me ramener à mon appartement en fin de soirée et que pendant le trajet elle voudra que «je parle de moi», pour me signifier clairement que je suis quelqu'un d'intéressant et qu'elle est intéressée. Nous n'en sommes qu'à l'apéro et j'essaie déjà de voir comment je vais m'en sortir. J'ai l'instinct de survie qui refait surface. Les sens en éveil. Il fait déjà noir dans la banlieue et les ennemis m'encerclent. C'est un piège. On veut que j'aille mourir entre les seins d'une joufflue.

Il y a un mois, ça ne m'aurait pas mis mal à l'aise de dégobiller sur ses tapis «sauve-pantalon» en lui caressant les cuisses, en lui hurlant que je l'aimais, toutes les fenêtres ouvertes sur le chemin du retour, mais ces jours-ci je n'ai plus vraiment envie de jouer au poète.

Et pourtant ce souper s'annonçait bien. Je m'étais installé dans le train de banlieue convaincu de passer une soirée à boire des vins formidables, dans la maison que Nicolas et Martine viennent de se faire bâtir dans cette ville dont j'ai oublié le nom. Belleville? Gentilleville? Joiedevivreville? J'avais le visage collé aux fenêtres à chaque arrêt du train, est-ce ici? Heureusement, je me suis souvenu de ce qu'a l'air le seul café près de chez eux, un truc champêtre avec des paniers et des fleurs séchées dans tous les coins, collé sur la gare. J'ai failli oublier ma bouteille de vin sur le siège à vouloir débarquer trop vite, un honnête Fleur du Cap d'Afrique du Sud, que Nicolas s'est empressé de faire disparaître dans sa cave à vin avec un genre de grimace, la lèvre du bas vers l'avant et l'œil inexpressif. Après que j'eus essuyé la buée de mes lunettes et embrassé Martine en la serrant longuement dans mes bras (profitant de l'occasion pour respirer l'odeur agréable de ses longs cheveux noirs), on posa une main moite et inconnue dans la mienne et on me présenta la joufflue.

— Daniel, je te présente Suzie Quelconque...
— Allô (qui? Quoi?).

Suzie.

Suzie les gros pis, pensai-je immédiatement en apercevant d'énormes nichons compressés par un soutien-gorge beaucoup trop petit, avec tous ces cordons élastiques tendus à l'extrême s'enfonçant profondément dans la chair. Ficelée comme un jambon. Pas vraiment grosse, la petite dame, rien d'alarmant, pas mastodonte ni patapouf, juste joufflue. Martine eut beau m'affirmer qu'elles avaient été à l'école ensemble au primaire (laissant supposer qu'elles sont du même âge), j'avais peine à croire que la joufflue n'eût que vingt-sept ans. Je lui lançai un «enchanté» poli, comme quand on se fait présenter une vieille tante poilue qui sent drôle.

Mon Bloody Caesar à la main, j'essaie d'entraîner Nicolas discrètement dans un coin, pour qu'il m'avoue que la Suzie de vingt-sept ans qui en paraît quarante n'a pas été posée là par hasard. Même mon verre semble suspect, grand comme un vase à fleurs et contenant la moitié d'une bouteille de vodka, comme si on essayait de me soûler avant de m'embarquer de force dans sa bagnole. Prétextant une envie soudaine de visiter la cave à vin, je traîne virilement Nico par le bras, malgré son gabarit imposant, vers le sous-sol.

— Alors, c'est qui cette fille? J'imagine qu'elle est célibataire?

Je prends tant bien que mal un ton autoritaire, ce qui semble réussir même si Nicolas me dépasse de quelques têtes et de quelques épaules. Il agite les bras, les glaçons dans son verre gigotent dans tous les sens.

— Écoute, elle est ici par hasard, je te jure! Elle a passé l'après-midi à magasiner avec Martine, on l'a invitée pour la bouffe. C'est quoi? Tu t'imagines que j'essayais de t'organiser un petit rendez-vous galant? De toute façon, t'es pas son genre!

J'essaie de voir ce qu'il veut dire par «t'es pas son genre». Et pourquoi ce n'est pas elle qui ne serait pas mon genre pour commencer? Il ne veut plus en parler, nous remontons.

Je ne m'étais pas trompé, elle travaille bien dans un bureau, le genre d'endroit où elle doit gagner trois fois mon salaire. Syndicat, chaise ergonomique et tout. Elle m'en parle avec excitation et je fais des efforts terribles pour ne pas jeter les yeux en l'air en sortant la langue tellement elle m'ennuie. Je lance un bref regard à Nicolas pour qu'il m'en délivre, mais il ne sait pas trop quoi faire non plus. Suzie s'est jetée sur moi dès mon retour dans le salon, elle semble décidée à me raconter tous les détails de ses journées au bureau sans me laisser le temps de placer une remarque qui pourrait lui signifier que tout ça ne m'intéresse absolument pas et par pitié reprends un peu ton souffle Suzie je n'ai pas envie que tu me claques d'une attaque dans les bras je ne te ferai pas le bouche-à-bouche alors pour ton bien arrête un peu de parler sans arrêt je t'en supplie et en plus je perds le fil je ne sais même plus ce que tu me racontes oh misère mais est-ce que ce cauchemar va se terminer sauvez-moi quelqu'un.

Je bois. Je m'accroche à mon vase rempli d'alcool, ma seule échappatoire possible pour le moment.

Pendant un court instant j'essaie, immobile, de me rendre invisible, mais je sais bien que ça ne marchera pas. Je ne sais plus du tout où elle en est dans son monologue, elle a ce regard qu'ont les chats quand leur maître agite l'ouvre-boîte, quand ils anticipent le plaisir du repas. Elle attend quelque chose. Avec un air intéressé. Elle a dû me poser une question.

Il y a déjà un bon moment que je n'ai pas cligné des yeux, essayant de suivre son soliloque étourdissant, me grattant quelquefois la nuque pour lui signifier que je ne suis pas encore mort d'ennui. Je lui demande poliment de me répéter la question, dans un souffle léger, espérant qu'il y avait bien une question. Elle me demandait simplement ce que je fais dans la vie.

— Rien, mais pour passer le temps, je gère une boutique de disques.

Je suis le spécialiste des remarques qui freinent les conversations, c'est une déformation professionnelle. Il y a un moment de silence que Nicolas vient combler en nous apportant des verres de vin, son fameux Volte d'Italie. Il nous invite à passer à table. Nous sommes évidemment face à face, Suzie et moi.

Les victuailles s'empilent devant nous et Suzie remplit son assiette, on pourrait descendre à skis alpins sur ce qu'elle y a entassé. Elle dévore tout des yeux, moi y compris. Je mastique lentement en me donnant un air mystérieux. Pas besoin d'être intéressé pour faire l'intéressant (je suis une sale petite pute quand je m'y mets).

J'ai du plaisir malgré tout, Martine et Nicolas sont des amis que je vois trop rarement. Des gens «normaux», loin de la petite vie branchée métropolitaine, avec qui il fait bon parler d'autre chose que du nouvel album de Björk ou de la rétrospective Kubrick au Cinéma du Parc. Ils se foutent de savoir si Martineau, rédacteur en chef du journal *Voir*, est un abruti ou non. Ils n'ont pas lu Nelly Arcan. Ils n'ont rien contre Julie Snyder. Ils ont aimé le premier épisode de *Star Wars*. Ils réussissent à écouter un album complet de Lynda Lemay sans vomir ni cracher du sang. J'éclate de rire chaque fois que Nicolas retrace une connerie que nous avons faite dans notre jeunesse. Il raconte des anecdotes avec une richesse de détails incroyable, comme si nous avions fait tout ça avant le souper. Sans amis, je n'aurais pas de passé, me souvenir de mon adolescence avec autant de précision est impossible dans le capharnaüm de ma mémoire. Il peut même retrouver le nom du mec qui nous apprenait à fabriquer des cocktails Molotov dans le terrain vague en face de chez lui, que nous lancions ensuite sur les piles de journaux abandonnés par des livreurs paresseux, nous imaginant délivrer d'une mort certaine nos copains emprisonnés par les Russes (à l'époque, tous les méchants étaient Russes ou Indiens, ça simplifiait grandement notre existence).

Mes seules interventions dans la conversation consistent à rajouter quelques détails qui surgissent parfois de mon cerveau mal organisé, mais je parle peu, sourire niais aux lèvres, je me laisse aller au plaisir d'écouter des copains parler de tout et de rien. Je ne regrette pas d'avoir peu à peu recommencé à répondre au téléphone, et même à accepter les invitations à souper les plus prometteuses (sans me méfier des invités suspects, évidemment).

Il est près de deux heures du matin quand nous commençons à regarder nos montres. La salade, l'agneau et le dessert sont déjà loin et la troisième bouteille est pratiquement vide. Suzie se lève d'un bond peu élégant de gazelle fiévreuse amputée d'une patte, enfile son manteau, distribue des baisers sur les joues et disparaît après les remerciements et le «contente de t'avoir rencontré» d'usage lancé dans ma direction. «Moi de même», que je réponds, m'apercevant soudain qu'elle ne m'invite pas dans sa voiture pour me raccompagner chez moi, dans l'espoir d'abuser de mon corps jusqu'au lever du soleil. Nico avait raison, je ne suis pas son genre. Et moi qui, avec l'aide de beaucoup beaucoup d'alcool, commençais à la trouver supportable! En l'imaginant sans ses vêtements de polyester bon marché, avec un peu de maquillage par-ci par-là (ou un peu moins, c'est selon) et une coupe de cheveux faite par quelqu'un d'autre que son coiffeur (qui est sans doute à demi aveugle, fou et atteint de la maladie de Parkinson, le pauvre), j'aurais pu raisonnablement envisager une partie de jambes en l'air sans lendemain dans la semi-pénombre d'une chambre d'hôtel de luxe.

Mes hôtes, devant la porte d'entrée, se retournent vers moi, se rappelant que je suis à leur merci, côté transport. Je vois bien à leurs têtes que je vais dormir ici. On ne va pas me ramener à Montréal à moitié soûls en pleine nuit. Chaque fois que je mets les pieds en banlieue, j'ai l'impression de ne pas être un « vrai » adulte. Pas de bagnole, pas de maison, pas de carrière, pas de fric, pas de régime d'épargne-retraite, pas de chaussettes qui vont au micro-ondes. Pas de micro-ondes. Trop vieux pour appeler mon père et lui demander de venir me chercher. Trop pauvre pour me payer un taxi jusqu'à Montréal.

— Cent quarante et un !

Je crie les bras en l'air pour fêter un autre jour sans sexe, juste avant qu'on m'invite à dormir dans la chambre d'amis. Je n'oppose aucune résistance, j'embrasse Martine et je descends au sous-sol m'installer dans mes nouveaux quartiers.

Cette chambre est presque aussi vaste que mon logement et c'est là que se trouve la bibliothèque, alors tout devrait bien aller. Je me fous à poil, faisant une butte avec mes vêtements dans un coin, et je commence à farfouiller pour trouver un bouquin intéressant. Je grimace en découvrant *L'Alchimiste* et trois Alexandre Jardin, je constate que *Le Messie récalcitrant* que j'ai offert à Martine est usé comme un livre lu des dizaines de fois et, penché en avant, je découvre avec bonheur un recueil d'Edgar Allan Poe, coincé entre deux briques de Robert Ludlum. J'entends un « Oh ! » derrière moi et j'aperçois Martine qui, après avoir eu une vue splendide de mon cul, en a maintenant une de ma bite. Je n'ai qu'un recueil de Poe pour me couvrir alors je reste là, sans trop bouger, en attendant qu'il se passe quelque chose. Je rentre un peu mon ventre, j'ai l'instinct de bien paraître, peu importe la situation. Elle a pour moi des draps propres qu'elle finit par déposer sur le lit, s'excuse et s'en va, les épaules raides et un vague sourire au visage. Je nous enroule, ma semi-érection et moi, dans un de ces draps (l'événement m'a émoustillé un peu) et je m'installe confortablement dans un luxueux fauteuil de lecture pour passer la nuit dans le calme, accentué par l'éclairage feutré et la neige qui tombe doucement à la fenêtre. Magique. Ce moment mérite tout plein d'adverbes.

Pourquoi dormir quand la nuit est si belle, je me le demande. Il n'y a plus que le bruit des pages que je tourne, sinon rien. La banlieue a ses avantages, le silence et le calme s'y installent dès la fermeture des centres commerciaux.

J'émerge de mon confort anesthésiant au bout d'une heure ou deux, intrigué par des craquements quelque part dans la maison. Transporté dans l'univers glauque du bouquin, j'imagine quelques scénarios inquiétants et mon cœur se serre alors que je perçois des coups sourds et réguliers.

Quelqu'un descend l'escalier.

Je m'installe un peu plus droit dans le fauteuil, inquiet, imaginant quelque créature fantomatique venant troubler ma quiétude. Bien que l'idée soit attrayante, je doute fort que ce soit Martine qui descende pour avoir une meilleure idée de ce qu'elle a aperçu tout à l'heure. J'attends sans bouger, prêt à tout, constatant que Poe sait encore me mettre les nerfs en boule bien que je l'aie lu deux ou trois fois depuis mon adolescence. Les bruits sourds s'arrêtent. Il y a maintenant quelqu'un avec moi au sous-sol. Ma respiration semble produire un tapage terrible, qui révèle clairement ma présence à l'intrus. Je regarde à gauche et à droite à la recherche d'un objet quelconque capable de me servir d'arme, mais je ne trouve rien qui vaille. Sinon l'Atlas illustré édition de luxe en couleurs sur papier glacé. Mais qui donc aurait l'idée d'essayer d'abattre un succube répugnant sorti des enfers à grands coups d'Atlas illustré édition de luxe en couleurs sur papier glacé dans un sous-sol de banlieue? Impensable. C'est donc mon corps crispé et mes yeux horrifiés que Nicolas aperçoit en ouvrant lentement la porte. Ses yeux m'ont figé sur place et je me sens soudainement ridicule, mais il ne semble pas trop remarquer l'effroi qui s'efface peu à peu de mon visage. Il tient une bouteille de Southern Comfort et deux petits verres. Je sors de ma torpeur et je me cache les couilles, vaguement embarrassé de m'être laissé envahir par une peur irrationnelle.

— Je savais bien que t'allais passer la nuit avec un livre! Tu dors des fois?

— Non, non, j'ai plus besoin depuis qu'un vampire m'a mordu.

Je prends le verre qu'il me tend et je remarque son air sérieux. Je lui demande si ça va. Il me fait un petit signe de tête en haussant les épaules et vide son verre en trois gorgées rapides. Ça doit vouloir dire que ça va mal.

— Martine veut des enfants, qu'il me dit sans me regarder, en remplissant son verre.

— Et c'est censé être un drame? Tu me dis ça comme si elle allait mourir! Vous avez tous les deux des boulots payants, une maison avec assez de pièces pour élever cinq enfants et vous êtes en amour!

Je lève les bras en l'air pour appuyer mes propos, englober d'un geste leur énorme baraque. Aucune réaction. Il me refait le coup du signe de tête et du haussement d'épaules. Je m'abstiens de lui révéler que je déteste les mimes, il doit bien le savoir.

— Comment on fait pour savoir si on est prêt à être père?

Alors là, j'avoue, ça c'est une bonne question. Je vois bien à ses yeux ronds de bébé phoque sur la banquise qu'il souhaite de tout cœur que j'aie la réponse. Il doit vraiment être désespéré pour me demander ce genre de trucs. Je suis sans doute son dernier recours, parce qu'en fait de personne heureuse d'être en couple et empressée de devenir papa, je suis loin d'être un modèle d'inspiration. Je suis aux pères ce que Celine Dion™ est aux top modèles.

Je réfléchis, je réfléchis, mais je dois admettre qu'il ne me vient aucune phrase inspirante. Je ferais un très mauvais *agenda des vainqueurs*.

— On se soûle ? que je lui dis en montrant mon verre.

C'est tout ce que j'ai trouvé. Bon, d'accord, c'est minable.
Je réessaie :

— À mon avis, un gars, c'est jamais vraiment prêt à être
père. J'imagine que c'est devant le fait accompli qu'on finit
par sortir de l'adolescence et qu'on assume nos responsabilités. Tu vas faire un père merveilleux, je suis certain !

Wow ! Je suis meilleur que je ne l'imaginais. Daniel J.,
consultant en paternité. Sur rendez-vous seulement. Nico me
refait le truc de la tête et des épaules, j'ai le temps de boire mon
Southern Comfort à petites gorgées pendant qu'il me fait ses
mimes d'épileptique. Plutôt que de lui fendre le crâne avec la
bouteille, pour lui régler ça définitivement, je me verse un
troisième verre.

— J'ai l'impression que faire des enfants, c'est vraiment
un point de non-retour, on dirait que j'ai peur de perdre ma
liberté.
— Ben voyons ! T'es déjà pris à la gorge par ta relation,
ton boulot et ta baraque ! T'as les deux pieds dans la tombe, je
vois pas ce qu'un ou deux morveux viendrait empirer !

Il continue, sans me reprocher mon sarcasme :

— C'est un contrat à vie, des enfants ! C'est pas comme
un boulot ou une relation avec une fille ! Et une baraque, ça se
vend ! Vendre un enfant quand t'en as plein le cul de le torcher

et de l'entendre brailler, ça se fait pas! En tout cas, c'est ce qu'on m'a dit.

Il tient un bon point. Il n'y a pas de «satisfaction garantie ou argent remis» sur ces machins. Et puis les enfants m'effraient autant, sauf que pour l'instant je n'ai pas d'inquiétudes, on ne va pas sonner à ma porte en m'annonçant que je suis papa. L'abstinence a quelque chose de rassurant. Je m'en passerais volontiers, mais c'est rassurant. Nous buvons en silence, tant qu'à raconter des conneries.

Les peurs de Nico m'étonnent un peu, il a toujours eu cette assurance tranquille qui fait les bons pères, même très jeune. Articulé, posé, confiant, Nico a toujours été celui qui réussissait à régler les conflits, à désamorcer les tensions. C'est la première personne qu'on a envie d'appeler quand on entre à l'appartement qu'on partage avec notre première copine «sérieuse» et qu'on la découvre au lit en train de se faire ensemencer par son professeur de philosophie barbu (mais sans moustache) ayant deux fois notre âge.

— Sinon, toi, ça va?

Je réponds oui avec bonhomie, lui épargnant mes angoisses. Il semble avoir bien assez des siennes. Et puis nous sommes de vrais mâles, il ne faut pas trop parler de nos émotions, nous avons un rôle primordial de primates dégénérés à tenir dans cette société. Je ne lui parle pas de mon boulot qui m'ennuie, de la solitude qui me pèse, de ce vide intense qui s'insinue tranquillement dans ma tête embrouillée. Ne pas être amoureux, savoir qu'il n'y a personne qui m'attend, fébrile, en lisant distraitement son livre dans un café, levant la tête chaque fois que quelqu'un passe en souhaitant que ce soit moi, personne qui énerve ses amies en leur disant sans cesse à quel point je suis quelqu'un de fascinant, personne qui pense à moi et m'appelle juste pour me le dire. Personne qui m'aime à en crever, qui souffre de ne pas me toucher.

Nous décidons d'aller dormir après une bonne heure de discussion peu constructive sur le fait d'avoir une peur terrible de devenir des adultes. Ou de ne pas en devenir. Nous ne savons plus trop.

□ □ □

J'ouvre les yeux, réveillé par les bruits de Nicolas et de Martine qui marchent à l'étage. Je me traîne à poil jusqu'à la salle de bains d'invités avec un léger mal de tête. J'avale deux aspirines d'invités avec un grand verre d'eau et je regarde ma gueule comateuse dans le miroir d'invités. Non, mais je ne suis tout de même pas mal, qu'est-ce qu'elle a eu, cette Suzie, à me bouder? Quand je rentre mon ventre, j'ai assez bonne allure. Et regardez-moi ce biceps quand je le tends à l'extrême! Ce tatouage de « machin en plastique qu'on met au milieu des quarante-cinq tours et qui n'a pas de nom » sur mon bras suffit à m'habiller! Bon. Enfin. J'arrête de m'énerver. Je file sous la douche d'invités en sifflant *Miss you* des Stones.

Je retourne à la chambre ma serviette autour du cou, et c'est donc les couilles aux quatre vents que je croise Martine, qui venait voir où j'en étais. J'accepte l'invitation à déjeuner au resto qu'elle me propose, troublée. Je commence à croire qu'elle le fait exprès. On a beau avoir le meilleur copain du monde, on aurait vraiment beaucoup de difficulté à refuser de coucher avec sa copine, si elle nous le demandait gentiment et

122

que ça restait discret. Elle remonte sans attendre le début d'érection. Joli cul. Elle a pris un peu de poids, mais elle est toujours charmante.

Nous nous retrouvons bientôt jasant de tout et de rien, chacun devant sa montagne de fruits avec des crêpes dessous, c'est sûr je vais avoir le ventre gonflé pendant des jours. Nous épions la conversation d'un voisin qui tente d'expliquer ce qu'est un *shish-taouk* à sa femme, un genre de caniche royal avec une robe. Elle ne comprend pas. Nous avons tous envie de nous retourner et de lui faire un dessin de la chose avec des crayons de cire sur son napperon.

La journée est belle et nous reprenons la bagnole en direction de chez moi, la panse pleine et l'esprit léger. Je me laisse conduire, bienheureux sur la banquette arrière, plissant les yeux sous le soleil qui pénètre par les vitres sales. Sous le coup d'une inspiration soudaine, je leur demande d'arrêter à la pharmacie la plus proche. J'achète du savon à vaisselle, des produits pour nettoyer les planchers, les tuiles de salle de bains et les fenêtres, un tas de serviettes et un nouveau balai. De retour dans la voiture, je leur ordonne d'embrayer et de filer jusque chez moi sans ralentir aux feux rouges. Mes envies de faire du ménage sont rares, alors il faut que je me dépêche de m'y mettre avant que ça passe.

Nous nous quittons sur la promesse de nous voir plus souvent, Martine m'embrasse sur les joues, me serre dans ses bras et me suggère gentiment de faire attention à moi. Je me retrouve seul sur le trottoir et je respire un bon coup avant de descendre les quelques marches couvertes de glace qui conduisent à mon logement. Embarrassé par mes produits ménagers, j'ouvre la porte et je constate l'étendue des dégâts.

L'appartement pue. La vaisselle pue, la poussière couvre tous les meubles, et les moutons (ils doivent bien puer eux aussi) roulent dans tous les sens. Le lit est défait, les oreillers traînent par terre parmi les sous-vêtements sales. Je ne me souviens plus de la dernière fois que j'ai changé les draps, les poubelles sont pleines et les araignées ont pris possession de tous les coins disponibles. La moitié de mes livres traînent ailleurs que dans la bibliothèque. Il y a plus de poils qui m'appartiennent sur le plancher de la salle de bains que sur mon corps, et je me distingue à peine dans le miroir au travers des éclaboussures de dentifrice. Il y a des traces collantes sur la cuisinière au gaz et des ronds de café sur les tables et les comptoirs.

Répugnant.

J'ignore comment j'ai pu me laisser aller à ce point, mais ce que je sais, c'est que ce bordel est terminé. J'ai des produits nettoyants plein les mains, un dimanche après-midi devant moi et je vais torcher tout ça. J'installe un CD de James Brown dans mon lecteur et je m'y mets sérieusement. En commençant par tuer les araignées qui se croient ici à l'hôtel, selon ma méthode de mise à mort favorite : en leur envoyant d'abord un jet de nettoyant à vitre bourré d'ammoniaque entre les deux yeux et pendant qu'elles titubent, affolées, à la recherche d'un abri, je les aplatis d'un bon coup de balai au rythme de la musique. Je lave la vaisselle qui décolle avec difficulté du comptoir, j'astique les armoires, les tables, la salle de bains, les planchers, je change les draps, je n'ai jamais mis autant de vigueur à faire du ménage. Je m'accorde une pause de temps à autre pour avaler une boisson vitaminée au chocolat et ce n'est que cinq heures plus tard que je m'écroule sur le divan, épuisé, trempé de sueur mais satisfait de ma performance. Il n'y a plus que moi de sale dans cet appartement. Je me traîne jusque sous la douche.

Douché, rasé, habillé, je ramasse l'énergie qui me reste et je m'en vais au cinéma, pour le plaisir d'oublier que tout est propre chez moi et d'être surpris à mon retour par mon appartement tout beau et tout rangé. Je regarde l'heure, j'ai tout juste le temps de me rendre à la boutique, pour voir s'il n'y aurait pas une disquaire-amazone qui voudrait bien m'accompagner. En chemin, je passe devant Les Folies sans même ralentir. Que l'ex y soit ou pas ne me fait plus rien. Elle peut bien coucher avec Lenny Kravitz si elle en a envie. Alex a réussi à bloquer l'adresse de la *webcam* sur mon ordi, alors même si je cédais à l'imbécile envie d'aller fouiner, j'en serais incapable. Me voilà tranquille. Elle ne m'embêtera plus.

J'arrive comme par magie au moment où Layla et Marie-Andrée verrouillent la porte. Je réussis à les convaincre de se joindre à moi et nous engloutissons d'énormes burgers juteux à La Paryse avant la séance. D'un commun accord nous choisissons un film québécois qui a l'air pas mal *pour un film québécois*. Nous sommes tous les trois méfiants lorsqu'il s'agit de films québécois. Premièrement, parce que nous en avons plein le cul du personnage de perdant sympathique véhiculé à la télé, dans les bouquins et les films *made in Kébek*. Deuxièmement, parce que le perdant sympathique habite invariablement un immense loft du Vieux-Montréal ou du Plateau-Mont-Royal, et tout le monde sait que ce n'est pas possible. Trop cher. Dans la vraie vie, ce perdant sympathique, avec sa carrière de photographe en devenir, d'écrivain en devenir ou de n'importe quoi de *cool* mais pas du tout payant en devenir pourrait à peine s'offrir un appartement minable comme le mien.

Le temps de tourner le coin de la rue et nous voilà dans la salle de cinéma, au milieu de la septième rangée, avec une boisson gazeuse à dix-huit dollars.

Il fait bon d'être assis dans le noir entre deux jolies filles. Je réussis de mieux en mieux à contrôler mes envies de sexe, je laisse mes mains sur mes cuisses, me contentant de respirer leurs arômes aphrodisiaques de séductrices, qui m'arrivent au travers des bourrasques d'odeurs de réglisse et de pop-corn dégoulinant de beurre. J'aime les femmes, je n'y peux rien. Elles me fascinent, les femmes. Cent fois moins connes que les hommes et en plus elles sont belles et sentent bon. Je nage dans une brume de bonheur tranquille jusqu'au générique de la fin.

Nous décidons d'étirer le plaisir un peu en allant discuter du film devant un café, et encore là il y a consensus : ce film est surestimé, le perdant sympathique étant trop perdant et pas assez sympathique. Point positif : ce n'est pas lui qui habite l'impossible loft mais une de ses amies. Une grande trouvaille cinématographique. La conversation nous entraîne rapidement sur les relations homme-femme, et les femmes ont ici l'avantage numérique. J'encaisse donc les accusations sur la peur de l'engagement de l'homme, son manque de maturité, le temps qu'il passe devant l'ordinateur ou la télé, son besoin avide de dominer la femme en ce qui concerne le salaire, bref on m'affirme que le pénis est l'arme du diable. Je n'ai pas trop d'oppositions à faire, déçu malgré moi de mal représenter ma race de poilus barbares. La peur de l'engagement, c'est moi, le manque de maturité, je m'y accroche le mieux que je peux, mais elles ne comprennent pas pourquoi. La télé ne m'intéresse plus, mais pour l'ordinateur je serais une proie facile. Et pour ce qui est du salaire, je n'aurais rien contre le fait de pondre des œufs en or, quitte à dominer quelques femmes avec tout ce fric.

Nous en sommes à nous exciter autour du thème du désir sexuel dans les couples qui vivent ensemble depuis plus de cinq ans (et comment éviter le désastre de la routine), quand je remarque que les chaises autour de nous sont sur les tables et qu'un jeune barbu se rapproche, avec sa vadrouille et un regard sans équivoque qui nous invite à aller nous faire voir ailleurs. Je connais bien ce regard, j'ai le même dans la boutique à l'heure de la fermeture.

Je fais un bout de chemin avec Layla, qui se colle frileusement à moi en tenant son bras enroulé autour du mien. Ses cheveux me chatouillent le nez. Elle rit à tout ce que je lui raconte, la neige tombe au ralenti, et c'est joli comme tout. Je profite tant que je peux de la chaleur de son corps, heureux de savoir que l'odeur repoussante du mâle solitaire et en rut émane de moins en moins de ma peau. Ou du moins que ça n'effraie pas le clan des disquaires-amazones. Je lui redonne son bras à contrecœur et je la laisse aller se blottir contre l'amoureux qui l'attend dans son lit. Je pousse un soupir de déception discret en la regardant monter les escaliers menant à sa porte, je m'assure qu'elle a ses clés pour rentrer chez elle et je continue mon chemin en pensant à mon lit, vide.

Au moins les draps sont propres.

□ □ □

La neige n'a pas dû tomber au ralenti «comme dans les comédies romantiques se déroulant à New York l'hiver» toute la nuit parce qu'il y en a des tonnes ce matin. Elle n'a pas fondu comme j'imaginais. Montréal redevient un village tranquille le temps d'un hiver, avec ses voitures bloquées partout, les gens grattant leurs fenêtres glacées avec la nouvelle patente de Canadian Tire pendant que le moteur chauffe, mais comment on va sortir de là, et voilà qu'un passant nous aide à pousser la bagnole, comme c'est gentil, et les enfants bouffent de la neige en attendant d'aller sécher à la garderie.

L'hiver, j'apprécie toujours de ne pas avoir assez de fric pour me payer une voiture. J'ai le temps de me rendre tranquillement au travail les mains dans les poches en sifflotant, d'acheter mon café et de manger deux croissants, que mes voisins en sont encore à dégivrer leurs serrures et à donner des coups de pied sur les pneus en hurlant contre l'inutile nouvelle patente de Canadian Tire, qui vient tout juste de leur casser dans les mitaines.

Marie-Andrée arrive avec du retard et un air maussade. Je lui lance un «salut, Diva!» pour détendre l'atmosphère.

— Allô! Désolée pour le retard, paraît qu'il y a un «incident technique» qui s'est jeté devant le métro. Y peuvent pas faire ça à des heures plus tranquilles, ces estis-là?

Je hausse les épaules en lui montrant le fond de la boutique, il n'y a que deux jeunes qui essaient de nous voler du rap. Je vais les intimider pendant que Diva enlève son manteau et ses trois foulards, «pour pas m'abîmer la gorge», qu'elle me dit en réponse à mes sourcils en accent circonflexe.

— Salut, les gars, je peux vous aider? Voulez-vous une belle grosse boîte en carton pour pouvoir en voler plus?

J'ai mon sourire de vendeur de bagnoles et une main sur l'épaule de chacun, paternel et jovial. La combinaison «arriver par surprise, parler fort, serrer les épaules» fonctionne à merveille, les deux boutonneux déglingués ont failli en avoir leur première attaque du cœur. J'espère qu'ils ne vont pas pisser d'angoisse sur mon plancher.

— Allez-vous-en pas de même, je sais même pas vos numéros de téléphone pour appeler vos parents!

Ils sont déjà loin. On ne les reverra plus. C'est ça le maudit problème avec les jeunes, ils ne veulent jamais s'amuser bien longtemps.

Quelqu'un entre dans la boutique et je m'empresse de me rabattre sur lui, pour ne pas l'offrir en sacrifice à la mauvaise humeur de Marie-Andrée. Je regrette souvent ces gestes de compassion envers la clientèle mais bon, c'est un réflexe, je n'y peux rien. Je retiens un frisson d'horreur en l'observant, c'est un Asiatique avec une tête de poulet. Sa tête et son cou ont la moitié des dimensions normales d'une tête et d'un cou. Ses cheveux épars se rassemblent au sommet de sa minuscule tête pour former une crête et il a de la chair qui lui pendouille dans le cou, vestige d'un hypothétique double menton.

Cet homme est un poulet.

Il s'approche de moi avec ses yeux ronds et je recule d'un pas, peu enclin à me faire picorer par un mutant. Il s'arrête, penche la tête d'un côté et me regarde fixement. Il va me caqueter quelque chose, je le sens. Par mimétisme, j'avance ma tête d'un mouvement saccadé du cou. On se croirait dans une basse-cour.

— Grrrouignnnbidjizgrrrougngn?!

Marie-Andrée m'observe, vraiment curieuse de savoir si j'ai compris. Je me risque :

— Bee Gees?

Je ne connais rien aux poulets, mais celui-ci a l'air satisfait. Je lui rapporte un CD «grands succès» des Bee Gees (après y avoir enlevé la poussière en le frottant sur mon pantalon), il paie et dégage en pépiant.

Une dame veut le dernier disque de Daniel Bélanger. Je vais le chercher, je le lui donne, et elle me demande : «C'est bien le dernier?» Je lui réponds patiemment : «Oui, madame! C'est bel et bien le dernier!» en appuyant sur chaque mot, convaincu qu'elle va appliquer la règle de trois.

Conseil de survie # 19

Trente-trois pour cent des clients posent la même question trois fois, chaque fois de façon légèrement différente. Et chaque fois la réponse est la même, c'est oui ou c'est non. Écoutez donc la réponse à la première question, passez à la caisse et rentrez chez vous. Merci et revenez nous voir!

— Donc c'est le plus récent?

Je pousse un long soupir en regardant ailleurs, je lui mets le CD dans un sac et j'attends qu'elle paie. Un silence de gêne s'installe, elle aimerait qu'on lui réponde une troisième fois, pour être tout à fait sûre. Je lui demande, l'air inquiet :

— C'est le plus récent que vous vouliez, c'est bien ça ?

Elle me lance un « oui » interrogateur, le sac serré sur sa poitrine dans ses petites mains, certaine de ne pas avoir acheté la bonne chose.

— Ah bon. Je voulais juste être certain. Bonne journée.

Elle part l'inquiétude au visage, c'est sûr qu'elle va y penser toute la journée. Marie-Andrée est de joyeuse humeur maintenant, mes idioties finissent toujours par la détendre. Je lui cède ma place au comptoir, elle s'assoit sur le banc et fait ses habituelles vocalises, un genre de contrepoint sur la compilation de Cohen qui joue en sourdine.

Pendant que je fouille dans l'arrière-boutique, à la recherche d'un introuvable catalogue de Sony dont j'ai besoin pour travailler, les vocalises cessent brusquement. Comme ce curieux silence des animaux à l'approche d'un cataclysme naturel, le silence de Marie-Andrée ne laisse présager rien de bon. Je jette un œil discrètement, caché derrière la porte. J'avais vu juste. C'est la catastrophe.

Mon ex.

Je ne rêve pas. Non, non, il y a bel et bien mon ex dans la rue, elle cherche un moyen d'entrer sans échapper le bocal à poisson qu'elle tient à deux mains. Vision d'horreur. Je me retourne instinctivement, calculant vite fait combien de temps ça me laisse pour débarrasser tout ce qui traîne devant la sortie de secours et m'enfuir. *Gling-gling.* Elle vient d'entrer, il ne doit pas me rester plus de vingt secondes. Je ramasse mes clés, je cherche la bonne, j'échappe les clés, je ramasse les clés, je cherche la bonne, ça ne va pas bien. Pas bien du tout.

— Allô.

Je me retourne péniblement, sans même essayer d'avoir l'air *cool*. Je crois qu'un rictus horrible déforme mon visage, mais je n'ai pas de miroir à portée de la main pour vérifier. Je dois avoir la gueule du coyote des dessins animés, la seconde juste avant que le train lui rentre dedans.

— Aie pas peur, j'te mangerai pas.

Je ne sais pas quoi répondre, alors je ne dis rien. Elle tend les bras, il y a Clyde, « notre » poisson rouge, qui s'accroche comme il peut parmi les vagues.

— Je pars tantôt pour une semaine et j'ai oublié de donner le poisson à quelqu'un. Alors j'ai pensé à toi. Dernier recours. Vraiment.

Je cherche, je cherche très fort quelque chose à dire, mais je ne trouve vraiment rien qui en vaille la peine, alors je continue de me taire. Toutes les conversations banales qui ont fait notre quotidien n'ont plus aucun sens, cette fille m'est devenue étrangère en si peu de temps que j'en suis le premier surpris.

Moi qui l'ai observée pendant des heures se maquiller, se raser les jambes, se sécher les cheveux, se frotter le corps avec d'inutiles crèmes malodorantes, je ne sais plus rien d'elle. Je ne veux plus rien savoir d'elle non plus. J'aurais envie de me coucher en petite boule sous mon bureau et d'y passer le reste de la journée, mais je crois que tout ça n'arrangerait pas l'affaire. Elle réussirait facilement à me sortir de là en me donnant des coups de balai dans les côtes. Et puis je suis censé être un « adulte », alors je décide de rester debout. Je remets les clés dans ma poche, vaincu. Elle dépose le bocal sur mon bureau de travail, parmi le tas de paperasses (tiens, il est là, ce foutu catalogue!), et me regarde intensément, avec l'expression de quelqu'un qui est dégoûté d'aimer encore un insignifiant. Vraiment, il va falloir que je pratique l'évacuation ultra-rapide. C'est pourtant dans tous les manuels de survie :

Guide pratique pour fuir les ex

Idéalement, un complice fera le guet à la porte de devant. Il sera convenu d'un signal simple, qui avertira de la présence de l'ex dans le périmètre de sécurité. Vous disposerez alors d'environ vingt secondes pour appliquer les étapes suivantes :

- *Vous diriger d'un pas leste vers la sortie de secours (qu'aucun obstacle ne devrait encombrer).*
- *Saisir la clé.*
- *Ouvrir simplement la porte et courir le plus vite possible pour éviter les réalités de la vie adulte.*
- *Ne jamais regarder en arrière.*
- *Répéter au besoin.*

Elle sort une boîte de bouffe à poisson de sous son manteau, me l'agite sous le nez et la pose près du bocal.

— Je reviens le chercher lundi prochain, merci beaucoup.

Elle m'envoie la main d'un geste sec et s'en va, fière de m'avoir affronté mais déçue que je n'aie pas dit un mot. Enfin, j'imagine qu'elle est déçue. Je m'enfonce toujours plus creux quand j'essaie de lui parler, elle le sait bien, ça lui fait plus de choses à me reprocher ensuite.

Nous ne sommes plus en sécurité nulle part. Je regarde longuement la clé de la porte de derrière, je veux m'en faire une image très précise au cas où il y aurait une prochaine fois.

Je ne sais pas où elle s'en va, ni avec qui. À mon grand bonheur, je m'en fous complètement. Elle avait vraiment l'air épuisée, la pauvre. À tel point qu'on pourrait croire que c'est « santé et bien-être Canada » qui lui paie des vacances. Ou l'Armée du Salut.

— Salut toi, ça va?

Je regarde Clyde, qui commence à se calmer (il est plutôt casanier). Il me regarde sans rien dire, pour ça on se comprend.

— Je vais bien m'occuper de toi, tu vas voir.

Il n'a pas l'air rassuré malgré mon sourire. Il sait sans doute que je ne réussis même pas à prendre soin d'une plante (arroser tous les deux ou trois jours, ah la la, qu'est-ce que c'est chiant), c'est à peine si je peux prendre soin d'un calendrier (tourner une page tous les mois, ah la la, c'est chiant aussi). Je l'emporte à la caisse et je le présente à Marie-Andrée.

— Marie-Andrée, Clyde, Clyde, Marie-Andrée. Il faut lui faire très attention.

J'aime bien cette bestiole. Il a une gueule reconnaissable, un petit air de brute qui le distingue des autres. Et puis il bat des records de longévité, sa compagne, Bonnie, est morte il y a un an. Circonstances mystérieuses. Je crois qu'il lui a fait la peau, mais nous ne le saurons jamais. Il refuse d'avouer. Marie cogne sur le bocal avec ses longs ongles écarlates. J'insiste, en enlevant doucement sa main :

— On va lui faire très très attention, d'accord ?
— Ça va être notre mascotte !

Marie-Andrée le regarde dans les yeux, elle semble déjà amoureuse. Enjouée, elle largue la moitié du contenant de bouffe dans l'eau, qui s'obscurcit rapidement. Ce désastre arrive beaucoup plus tôt que prévu, j'espérais maintenir le poisson en vie au moins une journée ou deux. Il va crever d'une indigestion dans les prochaines minutes. Et je mourrai ensuite, égorgé par mon ex. Je m'empresse de ramasser tout ce que je peux avec les mains et je le balance sur le comptoir. Ça pue, ce truc. Diva me regarde avec l'air coquin de la petite fille qui sait qu'elle va se faire gronder. Elle est adorable, bon sang. Je mettrais bien ma langue dans sa bouche là, tout de suite. Mais qu'est-ce qu'elles ont toutes à être si belles ? Il est de plus en plus ardu de respecter mon *guide des bonnes manières envers les disquaires-amazones*, qui m'interdit tout contact physique. Ne me suis-je pas dit hier soir que je contrôlais de mieux en mieux mes élans sexuels ? Je déconnais sérieusement.

Erratum

Daniel ne contrôle pas du tout sa libido.

Je cours me changer les idées dans la salle de bains et je transfère Clyde dans ma tasse Deutsche Grammophon, le temps de nettoyer le bocal. Je viens de lui sauver la vie, à ce poisson. «Il faut se méfier des femmes», que je lui dis sur un ton de reproche, mais il ne m'écoute pas. «Elle a failli te tuer et j'ai failli la serrer dans mes bras en lui léchant le cou.» Il me jette un regard glauque sans vraiment s'intéresser à mes propos, espérant réintégrer son bocal au plus vite. Réussir à lui faire passer la journée sans le retrouver flottant sur le ventre sera un exploit. Ce poisson ne m'apportera que des ennuis, c'est sûr. Le plus simple serait de l'envoyer tournoyer dans les chiottes et de le regarder disparaître en un instant, comme j'ai fait avec mon ex. Mais je ne peux m'y résoudre, je suis faible. Si faible. Aaaaaaarg. Une larve. L'homme nouveau, qu'ils disent. Pardon, papa, ce n'est pas ma faute, c'est l'époque dans laquelle je vis qui me sabote et me souille, qui me ramollit les couilles.

Ce stupide poisson a un air terrorisé, à croire qu'il lit dans mes pensées. Sale con. J'te déteste maintenant, mais tu vas rester en vie jusqu'à ce que ta maman revienne, c'est clair ?

Je remets le petit emmerdeur dans son bocal tout propre, je serais agréablement déçu qu'il se tape une crise cardiaque dans l'eau glacée, mais il semble être heureux comme un... Bref.

Je retourne auprès de Marie-Andrée qui se démène avec une clientèle étrangement nombreuse, une bande de jeunes à l'affût des nouveautés les plus branchées. Fini l'acid jazz, le lounge, le swing, le trip-hop, le chill, l'électronica et le drum and bass! Nous voulons du nouveau! J'en profite pour me débarrasser de quelques disques vaguement électro-pop que les *deejays* n'ont pas eu la décence de m'acheter. J'empoigne une compilation de groupes inconnus avec une jolie pochette d'inspiration minimaliste-sixties, et je vante ce truc comme si je l'avais écouté et que ça en valait vraiment la peine. Je n'ai aucune idée de ce dont je parle, mais les gens trottent vers la caisse, convaincus qu'ils ont entre les mains le disque du siècle.

Sitôt la meute d'enragés disparue, nous retournons à des activités plus normales pour cette heure de la journée. Marie-Andrée lit mon horoscope du jour pendant que je cherche la petite roche qui se cache dans ma botte. *Les erreurs du passé se réparent d'elles-mêmes. Au travail, vous n'arrêterez pas une seconde et vous savez être d'un précieux conseil. Côté cœur, les astres sont avec vous, mais vous avez tendance à chercher trop loin ce qui se trouve tout près. Bla bla bla.*

La voilà, cette putain de roche. Je remets ma botte avec un sourire de bienheureux. Marie me déclare solennellement qu'elle va chanter pour la première fois de sa vie dans un opéra à la Place-des-Arts. Finalement. Elle qui en rêve depuis qu'elle est toute petite. Je devine à son sourire en coin qu'il y a une arnaque. Je pose la question.

— Je vais chanter cinq minutes, avec six autres filles, on va avoir les cheveux droits dans les airs et les seins nus. Ils vont nous installer derrière un bateau en carton.

Je fais un effort phénoménal pour ne pas éclater de rire, les artistes étant d'un naturel irritable. Je me mords la lèvre du bas et je me retiens fermement au comptoir en cherchant quelque chose à dire pour l'encourager.

— T'as le droit de rire si tu veux, tu sais.

J'étudie son visage pour voir si elle ne va pas me piquer une crise, elle se mord la lèvre aussi, nous éclatons en synchro et nous pleurons de rire à nous en claquer les cuisses. Les quelques clients sourient bêtement, amusés de notre fou rire sans savoir ce qui se passe.

— Enfin un truc qui va me faire aimer l'opéra, que je réussis à dire en reprenant mon souffle.

Non mais c'est vrai, il n'y a rien de plus chiant qu'une soirée à l'opéra parmi ces gens trop parfumés qui s'ennuient en suçant des bonbons pour dissimuler une haleine de fruits de mer et de beurre à l'ail. Se pavanant à l'entracte dans leurs belles tenues des années quatre-vingt, rembourrées aux épaules, avec des motifs pastel pour les femmes et l'inévitable broche en métal doré, grande comme une porte de réfrigérateur, piquée sur un gros nichon pointu. Pour les hommes, un complet bleu ou brun assorti à des bas beiges, des souliers pointus en cuir verni et des cravates tristes comme des poissons morts. Jasant de tout et de rien mais jamais du spectacle, sinon pour dire qu'ils l'ont déjà vu à Paris, tu te souviens, Jacques, il y a deux ans, nous étions avec nos amis de l'ambassade, c'était quand même beaucoup mieux. Oui, oui, Lorraine (elle s'appelle Yvette, mais Lorraine, c'est beaucoup plus classe), je m'en souviens très bien (il ne s'en souvient plus du tout, il ignore même qu'il a des amis à l'ambassade et en ce moment il s'en fout, troublé par les gargouillis de son estomac luttant contre des fruits de mer pas frais, il essaie de ne pas péter), tu portais ta robe achetée à Milan (dommage que tu ne rentres plus dedans) chez ce designer, comment s'appelle-t-il déjà (il s'appelle «liquidation de fin de collections dans un magasin à grande surface»). Et on agite la petite monnaie dans ses poches en se curant les dents, on espère que la petite gardienne nous taillera une pipe quand on la ramènera chez elle (ça n'arrivera jamais), on essaie de se rappeler à quoi ressemblait notre femme quand elle rentrait encore dans cette fameuse robe, tiens, il faut déjà aller se rasseoir, bordel, il faut que je pète, ce serait bien qu'ils nous ramènent les sept chanteuses aux cheveux droits dans les airs et aux seins nus installées derrière un bateau en carton (ça c'était bien). Allez, Jacques, cesse de rêver, ça recommence (mais c'est incroyable ce qu'il est rendu moche, mon vieux riche, plus de cheveux, du poil au nez, du poil aux fesses, heureusement qu'il y a Florent, mon petit gigolo d'amour qui accourt chaque fois que j'ai envie qu'on me baise comme une traînée).

Oui, l'opéra, c'est chiant.

— Tu peux répéter ici si tu veux, te gêne pas! Et tiens, tu peux même inviter tes six copines!

— Obsédé!

J'avoue. Et puis Marie-Andrée, elle en a de bien jolis, des nichons… Taille moyenne, bien ronds, on les croirait spécialement moulés pour les mains. La distribution de cet opéra me semble impeccable. Il y a sûrement un vieux cochon à la direction artistique.

— Et ils t'ont choisie pour quoi, pour tes lolos ou pour ta voix?

— Je sais pas trop. Ils m'ont inspecté les nichons avant d'entendre ma voix, alors j'imagine que c'était leur priorité, mais les six autres filles en ont des plus beaux que les miens!

Ça, c'est typique. Les filles trouvent souvent qu'elles ont des nichons moches. Sauf celles qui les ont fait gonfler pour satisfaire leur copain obsédé par les vedettes du porno. Mais ces filles se plaignent alors de leur cul. Ou de leur culotte de cheval. Ou de leurs jambes. Ou de leurs cheveux plats ou de leurs cheveux frisés. Ou d'autre chose. Je ne sais jamais comment remonter le moral à une fille qui me déclare qu'elle trouve ses seins moches, je me sens pris dans le rôle dégradant (pour un mec) de la «meilleure amie». Et on m'a dit que de leur prouver qu'elles ont des seins parfaits en m'enfouissant le visage dans leur décolleté est inapproprié. Alors je change de sujet.

— Changement de sujet, est-ce qu'on va voir des fesses aussi dans cet opéra? Parce que moi, je suis nettement plus fesses que nichons!

— Oui, évidemment! Il reste aussi quelques rôles muets de bouffeurs de chattes, si ça t'intéresse! Non mais! C'est pas une orgie, c'est un opéra!

— Dommage. Je vais sûrement aller voir ça quand même (non, je n'irai pas).

La journée passe en douceur grâce à Marie et à ses conversations soutenues sur le sexe, à sa bonne humeur et à sa voix douce. J'en oublierais presque la traumatisante visite de Sophie si ce n'était de Clyde qui nous observe, impassible dans son bocal. Je regarde l'heure et j'annonce d'un ton ferme aux flâneurs : « Passez à la caisse s'il vous plaît, on ferme ! » Personne n'a la mauvaise idée de résister à mon invitation à partir en vitesse et à nous ficher la paix. Je verrouille la porte et nous faisons le compte de la caisse de façon machinale, la même vieille caisse, la même routine depuis dix ans. Je suis devenu une machine. Les phrases qui sortent de ma bouche, je les ai dites mille fois avant et on me pose sans cesse les mêmes questions. J'ai sans cesse les mêmes réponses.

Une de ces journées où je n'avais rien à faire, j'ai eu la mauvaise idée de comptabiliser toutes ces répétitions. En calculant que je travaille ici au moins cinq jours par semaine depuis dix ans (soustrayons un bon cinq semaines de vacances et de maladies imaginaires par année), j'ai obtenu à peu près ceci :

J'ai travaillé chez Scratch trois mille trois cents jours.

J'ai compté cette caisse matin et soir au moins cinq mille fois.

J'ai écouté six mille disques différents.

Layla m'a fait écouter sept mille fois le disque de Daniel Boucher.

J'ai sorti douze mille sacs d'ordures.

J'ai posé vingt mille fois un disque dans le lecteur laser (au moins deux cents fois James Brown et autant Joe Dassin).

J'ai dit bonjour à un client cent quinze mille fois.

J'ai répondu à la question « travaillez-vous ici ? » cent dix-sept mille cinq cents fois.

J'ai manipulé quatre cent mille sous noirs pleins de bactéries.

J'ai eu des pensées lubriques (qui n'ont aucun rapport avec le sujet présent mais j'en parle quand même) sept cent cinquante mille fois.

J'ai couché avec zéro disquaire-amazone.

C'est fou.

N'importe quel individu équilibré a toutes les chances de devenir dingue si on lui demande cent dix-sept mille cinq cents fois s'il travaille là. J'ignore comment j'ai réussi à éviter l'asile de timbrés, avec des tas de pilules à bouffer, les douches froides, les électrochocs, les jours passés à regarder des jeux-questionnaires à la télé et les nuits à tenter de fuir en dévissant les barreaux des fenêtres avec mes ongles ensanglantés.

Je suis une machine faite pour la vente au détail et je ne sais rien faire d'autre. Rien. J'ai perdu des milliers d'heures à regarder dans le vide, plus particulièrement le petit coin d'espace face à la caisse entre la fenêtre et les affiches défraîchies. Ce magasin est devenu mon refuge sans que j'en sois conscient. J'en connais les moindres recoins, les odeurs, les bruits étranges ne me sont plus étrangers, je sais quel néon va se mettre à clignoter au bout de combien de jours. Je me suis mis en captivité et puis soudain, dix ans plus tard, je m'éveille. Tranquillement.

Mes dix années à traîner ici ne me suffisent-elles pas? N'ai-je pas purgé suffisamment ma sentence? Suis-je comme ces prisonniers désœuvrés qui hésitent à partir lorsqu'on les libère de prison parce qu'ils ne connaissent plus rien d'autre? L'inconvénient des boulots faciles et routiniers, c'est que ça laisse vraiment trop de temps pour penser. Attention, possibilité de déprime passagère. Remède miracle: acheter un pot de crème glacée au café pour ce soir, ressortir *La Salle de bain* de Jean-Philippe Toussaint de la bibliothèque et m'installer sur le divan avec une couverture douce jusqu'à ce que le sommeil arrive.

— Mais qu'est-ce que tu fous?

J'émerge de ma brume. Il y a Marie-Andrée qui s'agite d'impatience. Elle continue :

— Ça fait cinq minutes que tu comptes les sous noirs! On pourrait pas se grouiller un peu? J'ai un rendez-vous avec ce joli monsieur qui m'attend dehors au froid…

J'accélère machinalement, mais elle s'aperçoit tout de suite que je suis encore dans le brouillard, alors elle prend la poignée de sous noirs et la balance d'un coup sec dans la caisse.

— Trente-sept sous! Et voilà! Qu'est-ce que ça change de toute façon?!

Je ne peux que lui donner raison, qu'est-ce qu'on s'en fout de savoir s'il y en a trente-deux ou trente-sept. Nous n'allons pas nous mettre le comptable à dos pour ça. L'air de rien, je jette un coup d'œil au type qui l'attend dehors. La classe. Ténébreux. Coupe de cheveux impeccable, regard pénétrant, manteau long bien coupé, la gueule immaculée d'un fils de riche qui n'a jamais travaillé de sa vie.

— C'est le fils de qui?

Elle me lance un regard exaspéré en haussant les épaules et son sourire disparaît sous les foulards qu'elle s'enroule autour du cou.

— Salut, jaloux!

Un dernier clin d'œil et elle sort rejoindre le super-héros. Ils s'embrassent timidement avant de disparaître de mon champ de vision. Je reste un long moment appuyé sur le comptoir, les mains dans mon manteau, à regarder la boutique dans la semi-obscurité. Le seul mouvement vient de Clyde qui tourne en rond dans son bocal. Soudainement, je me sens en parfaite communion avec lui. La seule différence, c'est que lui n'a pas l'air de vouloir sortir du bocal. Moi, oui. Soudainement inspiré, je retourne dans l'arrière-boutique. J'allume l'ordinateur, je balance mon manteau dans un coin, fiévreux, et je me compose un curriculum vitae de type «cinéma américain» : près de la vérité, mais revu et amélioré. Quelques tournures de phrases habiles suffisent à se rendre plus intéressant auprès d'un éventuel employeur. Après dix ans passés dans la vente au détail, je devrais bien être capable de me vendre aussi. Je lis, relis, corrige, ajoute, enlève, camoufle, exagère.

J'ai peur.

Parce que je sais que si je veux partir d'ici, il faudra que j'applique la méthode dite de «Tarzan sur sa liane» (méthode développée par moi, que j'expose depuis des années à tous mes amis angoissés à l'idée de prendre des décisions importantes) : il y a donc Tarzan dans la jungle qui se déplace de façon presque surnaturelle de liane en liane (avec son corps souple et athlétique bien huilé), hop, hop, le vent dans les cheveux, le regard sérieux, la bite à peine couverte d'une peau de bête. Tout ça peut sembler relativement facile, mais c'est un moyen de transport périlleux. Parce que, afin d'avoir l'élan nécessaire pour atteindre la liane suivante et poursuivre sa course, il doit pendant un court instant lâcher la liane qui le soutient. C'est là que tout se joue. S'il s'interroge ne serait-ce qu'un dixième de seconde (est-elle bien solide, la liane que j'aperçois là-bas?) et refuse de lâcher sa liane, il lui manquera les quelques centimètres nécessaires pour toucher la suivante et se retrouvera bêtement à pendre dans le vide, sur une liane devenue immobile. Il devra se laisser glisser au sol et finir son trajet à pied, et se fera vraisemblablement bouffer par un lion en cours de route (ou marcher dessus par un hippopotame presbyte et pressé). C'est ce court instant de vide, là où le corps n'a plus aucune attache, qui est terrifiant. Ce petit vide nécessaire pour atteindre la liane suivante et continuer sa course. Grâce à ce principe très simple, je sais que, tant que je n'aurai pas donné ma démission officielle à Monsieur Robert, je ne me trouverai pas d'autre emploi. Le confort de mon boulot routinier est la liane qu'il me faut lâcher. Vaincre la peur du vide, voilà où j'en suis.

J'en imprime vingt mille copies. Je les mets dans des enveloppes et j'en fais une jolie pile. En calculant qu'avec ce que je sais faire j'ai une chance sur vingt mille de trouver un boulot intéressant, je devrais en avoir suffisamment. J'hésite sur les tactiques de distribution, je ne sais pas si je serais mieux de m'installer au coin d'une rue dans un fauteuil roulant en attendant qu'on m'en prenne un ou être proactif et les distribuer à la sortie des bars. Et pourquoi ne pas les larguer au-dessus de la ville en avion?

Ne reste plus qu'à trouver le bon moment pour lâcher cette foutue liane. Je m'installe debout en équilibre sur la chaise à roulettes, qui se met à glisser lentement vers l'arrière. Je pousse le hurlement de Tarzan, mi-humain, mi-animal, en me tapant sur le torse avec mes poings serrés. Je m'élance en grognant sur le Pavarotti cartonné à tête de Celine Dion™ et je le dépèce violemment. Je suis vivant, je suis une bête! Ce boulot me rendra fou! Je veux foutre mon camp d'ici! Je devrais aller me coucher! Mais qu'est-ce que j'ai à hurler comme un dingue, tout seul dans ce magasin?

□ □ □

J'arrive de joyeuse humeur à la boutique, le temps est frais, le soleil splendide. On respire bien et l'odeur de feu de bois se propage dans la rue. Je fais des petits nuages avec la bouche, je sifflote, j'ai merveilleusement bien dormi, et de savoir que j'ai vingt mille curriculum vitae prêts à être envoyés me donne une énergie nouvelle. Je marche dans la piste minuscule que les passants ont creusée sur le trottoir perdu sous la neige, essayant d'éviter les enfants transis, la langue collée aux poteaux, sans m'étaler par terre. Je me prépare une grosse boule de cette neige collante, pour l'envoyer sur la première disquaire-amazone que j'aperçois. Ève est appuyée sur le comptoir et feuillette distraitement une revue en mordillant un stylo. Elle m'aperçoit, me lance un délicieux sourire, et retourne à sa revue. Je remarque tout de suite le bocal, avec une couche de nourriture qui flotte sur l'eau trouble. Je lâche ma boule de neige et j'entre dans la boutique.

— Ève? Est-ce que t'as nourri le poisson?

Elle lui jette un œil, satisfaite.

— Oui! T'as vu, il fait un somme! Moi aussi, j'aime ça dormir après avoir mangé!

Je la regarde sans cligner des yeux. Estomaqué. Je n'arrive pas à savoir si elle est sérieuse ou si elle plaisante. Elle doit quand même savoir qu'un poisson ne dort pas sur le dos, non? La bouche ouverte? Elle m'intrigue, cette fille. Je reviens au poisson, impossible de se tromper. Ce poisson est mort.

— Ève! Un poisson, ça dort pas sur le dos la bouche ouverte, bordel! Ce poisson est mort!

Elle regarde de nouveau dans le bocal, plus attentivement. Elle frappe de son index sur le cadavre, qui s'enfonce dans l'eau et qui remonte lentement.

— Ben tu vois, il est pas mort, il vient de se remettre à nager!

Elle me dit ça candidement, cherchant quelque chose pour s'essuyer le doigt. Elle choisit son jean.

— Il est pas en train de nager! Ève! Tu l'as poussé avec ton doigt! Il est mort! Le poisson de mon ex est mort! Je suis dans la merde!

J'ai les bras en l'air, les yeux exorbités, et je gueule. Ça pourrait durer comme ça des heures.

Gling-gling!

Je me retourne, énervé. Alex est là, souriant avec toute l'insouciance dont il est capable, trois cafés à la main. Il remarque tout de suite le drame et son visage se durcit.

— Ben mon vieux. T'es dans la merde. Tu lui aurais pas donné un peu trop de bouffe, au poisson? Qu'est-ce que t'as pensé?

Je fais un léger signe de tête en direction d'Ève, qui se fâche aussitôt.

— Oh, arrêtez de me faire chier avec le poisson!

Elle se dirige vers l'arrière-boutique en maugréant, reviens, s'empare d'un café, jette un bref sourire à Alex et repart.

— Pfffft, qu'elle nous dit.

Elle claque la porte de l'arrière-boutique pour donner un impact visuel et sonore à sa bouderie et je me tourne vers Alex, qui devine aussitôt ce que je vais lui demander :

— T'es occupé en ce moment?
— Elle revient quand, Sophie?

— Dans deux jours! Deux putains de jours!

Je sors un billet de vingt dollars de mon portefeuille. Alex se rapproche du bocal et observe attentivement le cadavre. Yeux bouffis, gueule de brute, bouche ouverte, il a vraiment un petit quelque chose de particulier. Sans blagues. Comment nous allons faire pour en trouver un qui lui ressemble, je n'en sais rien. Alex s'empare de mon fric, pose mon café sur le comptoir et mime l'envol de Superman. Oh oui. Vas-y, Supermec! Vole vers l'animalerie la plus près! Et reviens avant que mon ex m'arrache les yeux et m'en fasse des boules chinoises!

Un vieil hirsute arrive à la caisse pour payer un tas de cassettes de musique internationale interprétée à l'orgue par un musicien corse «réputé». Il regarde le bocal en faisant une grimace.

— Ça pue.

Je ne peux que lui donner raison. Je m'abstiens même de mentionner qu'il ne sent pas le champ de lavande non plus. Parce qu'il y a effectivement une odeur de crevette qui commence à se répandre dans la boutique. Je dépose le bol par terre en attendant de savoir quoi en faire. Je m'avance pour aller aider une petite vieille à atteindre un disque de *musique pour petites vieilles* rangé trop haut pour les petites vieilles. Je bute contre le bocal. Comment ai-je pu l'oublier si vite? L'eau sale se déverse partout et j'ai tout juste le temps de voir Clyde disparaître derrière un meuble.

Pourquoi pas.

Je cours comme un désaxé jusque dans l'arrière-boutique, je fais virevolter les boîtes de carton vides dans tous les sens pour atteindre la vadrouille et le seau. Ève m'observe, impassible, assise les pieds sur une boîte, seule parmi les confettis de mon massacre de la veille. Je refais ma course en sens inverse en cognant le seau partout. J'éponge l'eau du mieux que je peux, mais la nourriture de poisson colle au plancher et ne fait que se répandre. L'odeur commence à me donner la nausée. Ève arrive derrière moi et contemple le gâchis, appuyée sur un meuble, une main dans la poche arrière de son jean. Son regard compatissant me rassure, elle ne boude plus.

— Je vais aller en acheter un autre. Elle verra pas la différence. Il est où le cadavre, que je regarde de quoi il a l'air?

Je montre le meuble rempli de CD. Très lourd. Vissé au plancher. Ça prendrait deux marteaux pneumatiques et les Village People au complet (incluant leurs deux gérants bisexuels) pour faire bouger ce meuble d'un centimètre.

— Oh putain. Comment on va le sortir de là?
— Aucune idée. T'as une idée?

Elle n'a pas d'idée non plus. Je me demande après combien de jours un cadavre de poisson rouge commence à puer. L'idée que la boutique devienne la dernière demeure du poisson de mon ex ne me séduit pas vraiment. Heureusement qu'elle ne m'a pas demandé de garder ses parents pour la fin de semaine. Elle les aurait probablement retrouvés coincés dans la tuyauterie des chiottes.

Je me démène avec quelques clients pendant qu'Ève essaie de dégager le cadavre coincé derrière le meuble. Les gens la regardent drôlement. Ils doivent penser que nous avons des coquerelles ou quelque chose dans le genre. Je suis ravi de ne pas gérer un restaurant, la clientèle nous mettrait sans hésiter les inspecteurs aux fesses, avec nos agissements louches, cette odeur et nos airs de cinglés. Une accalmie à la caisse me permet de jeter un œil sur la revue qu'Ève a laissée ouverte.

Notre questionnaire du mois : Êtes-vous amoureuse?

Je constate que les cases sont remplies… Tiens tiens, Ève aurait-elle un prince charmeur en vue? Je m'assure qu'elle ne me regarde pas, elle me tourne le dos, penchée avec son balai et son joli petit cul qui se trémousse, aucun danger.

4 - Il sonne à votre porte et vous annonce qu'il part explorer les États-Unis en décapotable et que vous avez cinq minutes pour vous préparer et partir avec lui.
  A - Vous riez de lui et claquez violemment la porte.
  B - Vous lui demandez de vous laisser le temps de prendre une douche.
  C - Vous le convainquez de rester avec vous pour ce soir.

Réponse : C. Elle a nettement quelqu'un dans sa mire! C'est intéressant tout ça, je me dépêche d'en savoir plus, vite vite vite :

7 - Vous jouez les rôles principaux dans un film. Lequel?
  A - Titanic
  B - When Harry met Sally
  C - 9 1/2 weeks.

151

Elle a choisi B, optant pour l'amitié devenue amour plutôt que pour le sexe facile de *9 1/2 weeks*, elle doit donc connaître le mec depuis longtemps. Je lis avidement en jetant un œil pour m'assurer qu'elle ne voit pas ce que je fais, elle tourne à peine la tête lorsque Alex nous revient avec une bonne dizaine de poissons. J'ignore comment il a pu faire aussi vite. Émoustillé de lire la question huit, je regarde à peine le premier couple de poissons rouges qu'il me tend. Je fais non de la tête, aucune ressemblance.

8 - *Il vous invite au cinéma :*
    A - Vous passez des heures à vous demander quoi porter.
    B - Vous enfilez vos sous-vêtements les plus sexy au cas où.
    C - Vous y allez sans vous préoccuper de vos vêtements.

B. Il semble qu'un heureux jeune homme couchera avec elle bientôt. Je réponds au téléphone en jetant un regard déçu au deuxième couple de poissons. Il y en a bien un qui a quelques airs de parenté, mais il fait la moitié de la taille du défunt. Ce serait louche. Et je ne crois pas qu'on puisse réussir à le faire engraisser en deux jours, même avec une diète spéciale.

— Scratch, bonjour?

Eh bien voilà, c'est le patron. Je me disais tout à l'heure «s'il appelle aujourd'hui, je lui dis tout», mais soudain j'ai chaud aux paumes des mains, j'ai des frissons dans le dos et les jambes molles. Je n'ai plus envie de parler. Il faut que je parle. Je ne peux pas. J'ai vingt mille C.V. qui attendent. Réveille, Daniel.

— Salut, Dan. Dis donc, j'ai absolument besoin des anciens disques de «gros nichons et pauvre rime». Elle fait un malheur à l'Olympia de Paris, encore une Québécoise gueularde qu'on va devoir se taper, et il n'y a que son dernier disque de disponible ici. Je peux vendre ses anciens CD à un prix exorbitant! Tu me fais une boîte avec tout ce que tu as en magasin?

Je réponds «oui, oui» en faisant «non, non» de la tête à Alex. Monsieur Robert me demande si je l'écoute, dit que j'ai l'air absent. Je réponds «non, non» en faisant un «oui, oui» ravi, cette fois ça y est, nous avons le frère jumeau en notre possession. Elle va revenir de voyage, trouvera qu'il a changé un peu mais bon, ce n'est tout de même pas comme un chien, il ne va pas lui courir dans les pattes et lui renifler le cul quand elle va crier son nom. Je me rapproche un peu, en plissant les yeux, pour m'assurer de la ressemblance. Arrête de bouger, tu veux bien?

— C'est que j'ai quelque chose d'important à vous dire…

Alex est intrigué, silence au bout du fil. Mon ton semble en avoir dit long. Il va falloir que je parle. La chanson de Tom Waits qui tourne ajoute au malaise.

— C'est euh… Une décision difficile…
— Vas-y, Daniel, tu sais que tu peux tout me dire… (Sa respiration s'accélère tout de même.)

Ève se retourne, anxieuse, Alex lui tend le couple à bout de bras pour lui montrer le sosie de Clyde. Elle lui sourit mais revient vite à moi en se croisant les bras, si je ne parle pas tout de suite je sens que je vais prendre en feu, combustion spontanée. Je transpire abondamment, les deux regards posés sur moi me vrillent le crâne, il y a trois personnes qui attendent que je parle. Je me mords la lèvre du bas, je regarde une voiture passer dans la rue pour éviter ces regards, je mets une main dans ma poche, la ressors, la pose sur le comptoir, la remets dans ma poche. Je raccroche. Clac.

J'ai raccroché.

Non, mais je suis con ou quoi?

J'ai raccroché!

Il y a comme qui dirait de la tension dans l'air, personne ne bouge. Je compte jusqu'à trois, lentement, et comme prévu le téléphone sonne. Deuxième essai. Il faut que je fasse mieux. J'ai quelques secondes pour devenir adulte. Ce n'est pas beaucoup.

— Désolé, j'ai échappé le combiné…

— Et qu'est-ce que tu étais en train de me dire, Daniel?

Je suis certain qu'il fait exprès de mentionner mon prénom, pour créer une familiarité propice aux confessions. Je me sens aussi à l'aise que si j'avais un revolver sur la tempe et une grenade dégoupillée dans chaque poche. Je prends une grande respiration, comme si tout l'air vicié de la boutique se retrouvait dans mes poumons, et j'expire lentement, je vide mon corps de ce poison. Allez, Tarzan, lance ton cri! Hurle! Gueule à la face du monde ce que tu rêves de faire depuis des années!

Je prononce très clairement les mots «je démissionne, je suis désolé, je pars dans deux semaines», Monsieur Robert me dit «oh c'est pas vrai», Alex échappe le sac de poissons qui éclate au sol et Ève, en panique, se jette sur la revue et l'enlève de mon regard, pendant que je lis en vitesse la réponse à la question dix.

10 - *Vous cherchez toutes les excuses pour le voir.*
 A - Non, je veux me laisser désirer.
 B - Oui, je suis trop bien avec lui.
 C - Pas besoin de chercher, nous travaillons ensemble !

Eh bien, voici la preuve que la vie peut encore me surprendre, se glisser sournoisement par-derrière et me jeter au tapis (avec la poussière qui se soulève dans la lumière pour faire plus beau) en hurlant : « Tiens, mon gars ! Tu pensais avoir tout vu, mais voici une surprise ! »

État de catalepsie, soulagement, bruit d'un piano à queue qui s'écrase après une chute de dix étages, accent circonflexe, confusion, stupeur, envol de colombes, point d'interrogation, planche numéro cinq du test de Rorschach, *il y a un dragon, un homme barbu, il a l'air méchant, je vois ma mère dans le coin à droite, elle semble dire que je n'appelle pas souvent*, mon cerveau se retourne dans ma tête comme Bach dans sa tombe quand c'est Angèle Dubeau qui l'interprète, j'ai les yeux grands ouverts mais je ne regarde plus rien, Monsieur Robert parle, enfin il me semble, il est loin, très très loin, Alex est à des milles aussi, Ève s'est enfuie dans l'arrière-boutique avec la revue, je suis tout seul avec trop de choses nouvelles à assimiler en même temps. J'ai la réponse à la question dix imprimée sur la rétine.

Elle a répondu C.

C.

Phase 4

Phase dite du *chien renifleur, connue aussi sous le nom de phase de la vache repue observant calmement passer un train de marchandises dans un champ, peu avant de se faire violemment ensemencer par le taureau.*

Pendant que sur le zinc
mon café refroidit
je me demande
ce que je fous ici
la première idée
est souvent la meilleure
il est temps d'aller voir ailleurs
d'aller voir si j'y suis.

Alex *(Chinese cookie,* 2000*)*

Je suis à genoux dans son salon et, malgré mon stress, j'essaie de ne penser à rien. Elle est dans la cuisine, je l'entends siffloter un air de *La Bohème* de Puccini. Je passe ma nervosité en fouillant dans sa collection de disques, à mon avis la meilleure façon de découvrir certains côtés cachés d'une personne (j'ai ainsi découvert l'homosexualité d'un ami proche bien avant qu'il me l'annonce, en voyant les disques de Cher et de Barbra Streisand qu'il cachait sous une pile de Korn et autre Kid Rock. Et puis un mec qui peut chanter la comédie musicale *Evita* du début à la fin ne peut pas être complètement hétérosexuel).

Je découvre avec bonheur les White Stripes, une compilation obscure d'Iggy Pop, le dernier Jon Spencer Blues

Explosion, The Kills, elle a bon goût. Je ne dirai rien au sujet du disque de Lynda Lemay, elle doit sûrement l'avoir reçu en cadeau.

Je cherche quelque chose à faire jouer, indécis. Je me décide finalement pour le dernier Rufus Wainwright, laissant de côté la bande sonore du film *Virgin Suicides* du groupe Air, qui fait un peu trop «film de cul». Je l'installe dans le lecteur CD et je me relève, le sang se remet enfin à circuler dans mes jambes. Elle nous prépare des Cosmopolitans, les meilleurs à Montréal, m'assure-t-elle. J'observe une plante, j'enlève une mousse de mon chandail. Je fais tomber un tas de photos derrière une commode. Je m'occupe.

Elle revient. Pétillante. Je vois tout de suite, à la façon dont elle est vêtue, que ce n'est pas qu'à ses Cosmopolitans qu'elle veut me faire goûter. Ses bas de nylon ont mystérieusement disparu, son chandail de laine également. Elle n'a plus que sa camisole Paul Frank bleu poudre et sa jupe en tissu extensible, fendue sur les côtés. Très fendue. Ses pieds nus m'excitent, et le regard qu'elle me balance en me donnant mon verre est sans équivoque : *tu aurais dû vérifier la date d'expiration de tes condoms avant de partir.* J'ai acheté ces trucs répugnants le lendemain de ma rupture et ils ont traîné depuis dans tous mes manteaux, suivant les saisons (j'étais optimiste).

Nous portons un toast à Sandrine, qui donnait ce soir son premier spectacle avec Alex et son groupe, les Mal Élevés, rebaptisés Kitchen pour l'occasion. Elle garde sa critique la plus superficielle possible, ne voulant sans doute pas trop éloigner la conversation de ce qui se passe ici. Elle me dit que sa colocataire ne viendra pas coucher et que nous serions fous de ne pas en profiter. Elle me suggère de mettre un disque qui bouge un peu plus, dit qu'elle a besoin de se réveiller un peu, il est tout de même une heure du matin et si elle va au lit ce soir, ce n'est pas pour dormir, qu'elle me précise.

Dans ces occasions, je n'ai pas vraiment besoin qu'on m'explique tous les détails. L'expérience m'a appris à repérer ces instants où il n'y a plus qu'à fermer sa gueule et à se jeter dans l'action.

Je plonge sur le premier truc un peu plus rock à portée de la main, ce sera donc le dernier disque de Princess Superstar, «ah oui, j'adore», qu'elle crie dans mon dos. Elle est fin soûle, presque nue, excitée, mais, en parfaite maîtrise de la situation, je prends le temps de chercher le bouton *repeat*. J'appuie. Parce que j'ai su à mes dépens lorsque j'étais jeune, con, innocent, mélomane et sur le point de vivre une rupture, qu'on ne se lève jamais en plein milieu d'une baise pour aller changer le disque. Jamais. Non. Mais l'ambiance crue que laisse un disque qui se termine au plus fort d'une séance torride de sexe m'est intolérable.

Je me retourne et je constate que j'ai pris du retard côté vêtements, il y a une fille en minuscule soutien-gorge fleuri devant moi. J'ignore où est passée la camisole mais je m'en fous, je suis assez bon public quand on me fait un tour de magie, je ne cherche jamais trop à comprendre le truc. Je m'approche en laissant descendre mes mains le long de son dos satiné pendant qu'elle glisse sa langue sur mes lèvres. Mes doigts s'infiltrent facilement sous sa jupe et je lui caresse les fesses, il n'y a qu'un *string* là-dessous et pour l'instant il n'est pas du tout dans mon chemin.

Je retrouve des sensations délicieuses que je n'avais pas ressenties depuis longtemps. Je me retiens d'éclater d'un rire hystérique tant j'exulte de me coller à son corps chaud. Je souris. Sa langue s'enfonce dans mon oreille et j'en frissonne de partout, je ne perds rien de son souffle qui s'accélère et de ses mains exploratrices. Je suis un affamé à qui on offre un buffet, je veux goûter à tout, je veux m'en mettre partout. Je colle mes lèvres à son cou et je l'embrasse sans relâche, de derrière l'oreille jusqu'à l'épaule, en détachant d'une manœuvre d'expert le soutien-gorge. Je pose ses seins fermes et curieusement lourds au creux de mes mains tandis qu'elle presse son entrejambe sur ma cuisse, laissant glisser doucement sa main d'un mouvement circulaire sur mon membre en érection. Il commence à être sérieusement à l'étroit dans ce jean.

Je lâche ses seins un court instant, le temps de balancer mon chandail dans un coin et d'enlever mes bas (règle immuable de l'acte sexuel : «Toujours tu devras enlever tes bas avant ton pantalon, pour ne pas te retrouver à poil avec seulement tes bas, ce qui est vachement inesthétique, même dans le plus sordide des films pornos.»)

Sa langue retrouve mes lèvres, mes mains ses seins, et nous entamons un petit ballet étrange, marchant de côté, nous dirigeant vers un endroit que je ne connais pas. Elle ne m'a pas encore fait visiter, mais je présume que nous sommes en direction de la chambre. Je réussis à me débarrasser de mon jean en chemin (bon sang, quelle bonne idée j'ai eue de mettre des sous-vêtements qui ne datent pas de mon adolescence!). Ses mains s'accrochent à mon cul tandis que je dégrafe sa jupe. Un mouvement de bassin plus tard, nous nous retrouvons aussi près d'être nus l'un que l'autre, ne reste plus que son *string* et mes *boxers*, qui résistent en ce moment à une pression incroyable. Je la retourne pour continuer le trajet en marchant normalement, mais je lui colle ma queue gorgée de sang au creux des fesses, glissant mes mains de ses seins jusqu'au fond de sa culotte, en m'attardant longuement sur son ventre chaud. Mes doigts explorent un pubis rasé et une fente humide, je glisse mes doigts mouillés dans sa bouche et elle les lèche goulûment. Elle m'empoigne les fesses pour coller ma queue encore plus fort sur son cul, qu'elle agite de mouvements lents au rythme de la musique.

Je passe mes doigts de sa fente à ma bouche, de sa fente à sa bouche, j'humecte ses seins et je reviens devant elle pour les lui lécher en m'assoyant sur le lit. Elle me jette sur le dos et m'entoure la tête de ses jambes, on m'agite une culotte minuscule sous le nez et, en prime, il y a une fille dedans, presque à portée de la langue. Je lui empoigne le cul pour la rapprocher de mes lèvres et je glisse ma langue sur le tissu, qui épouse maintenant la forme de ses lèvres. J'ignore s'il y a des goûteurs chez les fabricants de culottes, mais je veux ce boulot. Elle fouille dans mon sous-vêtement et s'empare de ma verge d'une main pour lui faire voir la lumière. Libération! Elle presse un sein sur ma bouche en compressant ma queue d'un habile mouvement des fesses, combiné à un coup de reins bien placé (il commence à y avoir de l'action ici). Je la libère de sa culotte et je découvre ses orifices de ma langue, j'y sens son cœur battre en accéléré tandis que, d'une main momentanément libérée, je m'extirpe de façon peu élégante de mon sous-vêtement. Heureusement, elle a bien d'autres préoccupations que d'observer ma chorégraphie ridicule. Elle se couche sur le ventre et je m'allonge doucement sur elle, embrassant ses pieds, léchant un mollet, caressant une cuisse, passant mes lèvres dans les creux de ses genoux, lui enfonçant un doigt ou deux dans ses orifices bien lubrifiés au rythme de ses «ah» et de ses «oh».

L'entendre gémir sous mes caresses m'excite encore plus, et je m'étire un peu pour lui sortir mon arme secrète, lui lécher la nuque près des cheveux, dans les cheveux, derrière l'oreille, dans l'oreille (ce truc les rend folles), elle se tortille de plaisir. Je lui laisse un peu de place pour se retourner, et après un bref arrêt entre ses seins, qu'elle compresse entre ses mains, ma verge se retrouve dans sa bouche affamée. Elle lèche doucement le gland, descend un peu et aspire la peau juste dessous, la tire, la mouille, lèche mes couilles et fait disparaître ma bite au fond de sa gorge. Je commence à penser aux parutions de disques de la semaine pour retarder l'éjaculation. Je déambule mentalement dans les allées de mon épicerie. Du pain, du lait, des nouilles vietnamiennes. Inquiet, je lui retire sa friandise pour faire durer le plaisir. Des milliers de spermatozoïdes sont prêts à commencer leur course à l'ovule. Le moindre faux mouvement et je vais gicler au plafond. Elle se lève et fouille dans une commode, je devine condom, sûrement pas fer à repasser ou agenda. J'angoisse : vibrateur ? fouet ? Soulagement, c'est bel et bien un condom. Elle glisse l'emballage entre ses dents et me lance un regard sexe comme j'en ai rarement vu. Elle prend un élan et se jette sur le lit en grognant. Je m'accroche au matelas, souhaitant que tout ce bois pâle suédois tienne le coup.

Il tient le coup.

De quelques mouvements magiques, elle m'installe l'abri anti-bébés/maladies vénériennes/sensations sur la verge, s'assoit sur moi et d'un coup de bassin fait disparaître tout ça entre ses jambes. Je ferme les yeux pour mieux me concentrer sur toutes les terminaisons nerveuses de mon pénis.

Je renais.

Idée ridicule, je l'avoue, mais c'est ce qui me vient à l'esprit. C'est stupéfiant comme une fille accrochée à sa verge peut faire du bien à l'ego.

L'union des corps me rappelle que je suis de ce monde. J'avais sûrement oublié à quel point il est bon de baiser, sinon je ne serais jamais venu à bout de ces semaines d'abstinence sans devenir dingue. Il faut dire que le sexe durant la dernière année de mon couple laveuse-sécheuse ressemblait plus à une partie de pétanque un dimanche après-midi frisquet dans un parc du quartier italien qu'à un sport extrême.

J'empoigne son cul et je corrige sa trajectoire d'avant-arrière pour l'orienter vers un mouvement circulaire. Elle fait un « oooh » approbateur en ouvrant grand les yeux. Des frissons de plaisir m'assaillent lorsqu'elle plonge son regard dans le mien. Je parcours son corps des pieds à la tête, je lui empoigne les chevilles, les seins qui s'adaptent merveilleusement à mes mains, je plonge deux doigts dans sa bouche, elle les suce et je les glisse lentement de sa nuque à ses fesses. Elle halète et bouge son bassin de plus en plus fort. Je plonge mes doigts dans la douceur de ses cheveux en lui léchant les seins, toutes ces sensations m'étourdissent. Il n'y a plus rien qui existe qu'elle et moi. De la sentir si près de l'orgasme m'excite si fortement que je m'oblige à me retirer pour ne pas jouir tout de suite. Elle semble déçue, mais je ne traîne pas, je la pousse doucement sur le côté, je la pénètre de quelques secousses bien senties par-derrière (note importante : n'oubliez pas le point G), lui caressant une jambe d'une main en appuyant fermement mon pouce sur son anus humide de salive, la laissant se l'enfoncer à son gré en remontant simplement ses fesses. La chimie fonctionne, nous n'avons pas besoin de nous expliquer pendant des heures avant d'enchaîner nos cochoncetés. Une idée me vient à la vue de sa grande fenêtre sans rideaux, l'envie de juger de ses talents d'exhibitionniste.

Je me relève et je la tire vers moi, je l'embrasse longuement en lui comprimant une lèvre puis l'autre entre les miennes. Je lui lèche la nuque alors que je la retourne, elle devine ce que je veux et se penche, offerte, les mains appuyées sur le rebord de la fenêtre. Nous remarquons aussitôt, de l'autre côté de la ruelle, un homme dans la quarantaine bien installé dans sa chaise de lecture. Il semble avoir perdu sa concentration, curieusement. Il se rapproche de la fenêtre, attiré par le spectacle, croyant ne pas être vu. Il devrait éteindre quelques lampes s'il veut faire ça discrètement. Un novice.

Je glisse ma verge par-derrière sur son clitoris, jusqu'à ce qu'elle la soulève pour la reprendre en elle. Je la sens bien, je me colle à son dos en sueur, je respire et je lèche sa nuque, d'une main lui pressant une fesse et de l'autre caressant son ventre. Ses gémissements se font de plus en plus expressifs. Je n'en peux plus. Sous le regard effaré du voisin d'en face, qui ne sait plus s'il doit regarder ailleurs ou continuer d'observer le spectacle, je la mène à l'orgasme alors qu'elle se colle les mains à la fenêtre, seins offerts aux regards du voyeur. J'enfonce ma verge en secousses lentes et profondes, lui caressant le clitoris avec mes doigts que je plonge fréquemment dans sa bouche, pour lui faire savourer le goût douceâtre de son sexe. Le cri de jouissance qu'elle pousse m'exalte et m'entraîne vers l'orgasme. Je jouis peu après elle, longuement, mes jambes ramollissent sous l'intensité du plaisir. Nous retournons nous étendre sur le lit, nous léchant encore, nous caressant, étourdis et fiévreux. Sexe libérateur, poésie, rédemption, trompettes de Jéricho, oasis luxuriante après la trop longue traversée du désert, Phénix renaissant de ses cendres, vampire buvant du sang, chien-chien qui trouve un os, je me retiens de rouler de plaisir par terre en hurlant à la lune.

Je me sens merveilleusement bien malgré la fatigue.
Nancy.

Oui, je suis nu, repu et fourbu, couché près de Nancy, elle que j'ai évitée toutes ces semaines après notre soirée manquée pour fuir les conflits éventuels engendrés par ma «débandade» (et mon manque de tact au sujet de ce bouquin de Paulo Coehlo). Tout ça est l'aboutissement d'un jeu de séduction amorcé quelques heures plus tôt. J'avais une envie soudaine de voir ses yeux scintillants, et le spectacle de Kitchen me donnait un prétexte pour passer la soirée avec elle. Sans trop prendre le temps de m'interroger, je suis allé bouffer un sandwich au resto à côté de la boutique dans l'espoir qu'elle y soit. Elle y était. Les circonstances étaient bonnes, elle finissait de travailler et n'avait rien de prévu pour la soirée. Je m'excusai longuement, charmeur, et alors qu'elle prenait un café avec moi la conversation dérivait déjà sur des sujets à sous-entendus sexuels, loin de son stupide chat et de l'astrologie. Content de voir que je n'avais pas tout gâché entre elle et moi, je la découvrais sous un angle nouveau. J'étais tout de même étonné que ma bêtise ne l'ait pas brusquée outre mesure, je compris qu'elle n'était plus fâchée mais patiente, attendant que je me présente et que je m'excuse. Il était temps que je le fasse, me dit-elle, et je l'ai fait. Elle ne m'en veut plus.

Dès la première chanson de Kitchen au Quai des Brumes, nous avions une furieuse envie de sexe. Nous avons échangé quelques brèves paroles avec les gens que nous connaissons, Layla et son mec (peu bavard, absorbé qu'il était à décoller de ses gros doigts malhabiles l'étiquette de sa bière), Janet avec une de ses amies (gothique, complexée, trouée de partout) et avec Marianne, la copine de Laurie qui donne aux hommes l'envie de changer de sexe. Ève y était aussi, elle a jeté à Nancy un regard que j'ai adoré, empreint de jalousie féminine. Une table au fond de la salle a retenu notre attention, l'idéal pour se murmurer des trucs salaces à l'oreille sans trop attirer les regards. Et sortie d'urgence par la ruelle.

Au rappel, nous étions déjà chez Nancy, qui habite au coin de la rue. Je n'ai même pas eu le temps de penser, elle m'a pris fermement la main, nous nous sommes levés, nous sommes partis. Sortie d'urgence, par la ruelle. C'est presque un enlèvement. Mais avec cette façon si aguichante qu'elle a de se lécher les lèvres après chaque gorgée de bière, je n'ai trouvé aucun argument contre le fait de lui servir d'esclave sexuel toute la nuit, attaché au pied du lit en costume de cuir s'il le faut.

« J'imagine que tu travailles pas demain » qu'elle me lance, s'étirant pour vérifier que le réveille-matin est à la bonne heure. Je la sens devenir lointaine à mesure qu'elle s'absorbe dans sa routine, s'assurant d'avoir quelque chose de propre à se mettre pour aller travailler le lendemain, me proposant sa brosse à dents. Elle se promène d'un coin de la chambre à l'autre. Il n'y a plus de musique, je me sens de plus en plus nu. Son chat risque un œil dans la chambre, sans doute offensé que je lui aie piqué sa place au lit. Je lui balance un bas roulé en boule en plein sur le museau, il court se faire voir ailleurs. Nancy n'a rien remarqué.

Je ramasse mes *boxers* « armée » bleus et je me dirige vers la salle de bains, légèrement morose. Je pourrais partir, après tout j'habite tout près, mais l'envie de dormir collé contre un corps doux et chaud me retient. Je m'installe au lit comme un mari docile et elle vient me rejoindre, après avoir fait tous ces trucs mystérieux que les filles font dans les salles de bains avant d'aller dormir. Elle se colle contre moi, soupire d'aise pendant que je lui caresse les cheveux, et je sens qu'elle s'endort à la pression qu'exerce sa tête sur ma poitrine. Je tends le bras pour toucher la porte et je la pousse d'un bon coup, m'assurant ainsi que son idiot de chat ne viendra pas s'étendre sur mon visage pendant la nuit pour m'asphyxier en douce. J'écoute longuement les bruits de l'appartement et je finis par fermer les yeux, détendu.

□ □ □

Le soleil m'aveugle et me chauffe le visage lorsque je m'éveille. Il y a longtemps que je n'ai pas eu cette agréable sensation, confiné que je suis dans un demi-sous-sol avec hublot minuscule. Je me tourne pour voir si je suis seul, souhaitant vivement que Nancy ait décidé de prendre congé pour un samedi de grasse matinée, café au lit et fornication. Je suis seul. Je fouille sous l'oreiller à la recherche de son *string*, que j'avais caché là avant de m'endormir, et je grogne de plaisir au contact du tissu doux et frais. Je retrouve un peu les arômes de son corps, mais après deux ou trois respirations, je ne perçois plus rien. Envolées, les odeurs. Un chien sans repères. Je ferme les yeux pour mieux me rappeler les détails du corps athlétique de Nancy, les taches de rousseur à la naissance de ses seins, les détails de ses fines chevilles de danseuse. J'aimerais bien voir un de ses spectacles un jour, la danse moderne me donne souvent une furieuse envie de baiser, surtout que je ne comprends rien à ces mises en scène abstraites (ces filles peuvent danser les dangers de la mondialisation ou la danse du feu chez les Papous de Nouvelle-Guinée, je ne saisis jamais très bien la différence, ne m'attardant qu'aux corps qui s'entremêlent). Une danseuse, c'est un peu comme un mime sexué. Je ne comprends pas plus, mais au moins il y a le sexe.

J'allume la chaîne stéréo, une des premières choses que je fais le matin. Je dresse l'inventaire de ce qu'il y a ici pour faire du café, optant pour un café filtre en voyant la machine espresso qui semble inutilement compliquée, repérant au passage quelques-uns de ces papiers jaunes qui collent partout, avec des messages à mon intention. «Ne bois pas la pinte de lait au fond du frigo : pourri», «le café est par là» (avec une flèche), «nourrir Pupuce».

Il me regarde, ce débile. Il s'assure que je ne fais pas de connerie. Pupuce?!

— Alors, Prépuce, t'as faim?

Je lui agite sa boîte de conserve (avec un papier jaune dessus) sous le nez et je constate que je suis maintenant son ami.

— Tu fais la pute pour manger, morpion?

Il se lèche les babines.

— T'aimes ça Jon Spencer, sac à puces?

Je monte le son de la musique pour le terroriser un peu.

Il m'observe d'un air d'abruti, je le fais languir en allant sous la douche. En revenant à la cuisine pour le café, je constate que Morpion n'a pas bougé. Je suis certain que Nancy m'a délibérément chargé de le nourrir pour qu'on devienne des amis. Ça n'arrivera pas. Je laisse mes cheveux lui dégoutter un peu sur la tête et je lui sers sa purée «viscères putrides et couilles de bœuf». L'odeur écœurante me ramène un vague souvenir, sans doute une bouillie en conserve que ma mère me donnait pour dîner il y a longtemps, et que j'engloutissais avec plaisir. Je me sers un café dans une fine tasse en porcelaine (le genre de vaisselle qu'on retrouve chez les grands-mères à demi aveugles qui offrent constamment de piger dans un bol où tous les bonbons à l'anis poussiéreux sont collés ensemble depuis l'année de leur naissance), je me promène un peu dans l'appartement, sans trop fouiller. Je prends mes messages à distance, il y a Nicolas qui aimerait déjeuner avec moi, je regarde l'heure et je le rappelle. Nous convenons d'un rendez-vous à l'Eldorado trois quarts d'heure plus tard, à peu près le temps que ça me prend pour inspecter les tubes et les pots dans la salle de bains, humant une crème, me trempant frileusement le doigt dans l'autre, incapable de saisir la différence entre la crème de nuit pour le visage et la lotion épilatoire. Je regarde l'heure et je m'empresse de m'habiller, cherchant longuement le bas que j'ai lancé la veille à ce con de chat, qui l'a probablement caché en guise de vengeance. Il m'observe me traîner à quatre pattes en grognant dans le salon, fier de son coup. Je déteste les chats.

Je le retrouve enfin dans la poussière sous le divan. Je prends un bon élan pour le lui balancer encore une fois entre les yeux, mais il détale en miaulant.

— C'est ça, dégage, débile! que je lui crie pour la forme, mais il est déjà loin.

Je finis de m'habiller, j'éteins tout derrière moi et je sors dans la rue, humant l'air froid de janvier en clignant des yeux sous le soleil éclatant, souriant comme un lobotomisé.

J'arrive à l'Eldorado en même temps que Nicolas, et nous attendons debout derrière deux couples avec bébés. Le Plateau-Mont-Royal a ceci de particulier qu'il faut attendre en file pour réussir à déjeuner au resto. Regard circulaire rapide, question de s'assurer que nous allons déjeuner dans un environnement sans ex. Tout va bien. Nous parions discrètement deux dollars sur le prénom des deux bébés devant nous et je gagne aisément, la fille se nomme Camille et le garçon Samuel. Les statistiques ne mentent pas.

Les serveuses sont exquises, et parmi la foule qui s'entasse ici se trouve un nombre anormalement élevé de filles avec du style et d'adorables minois, le cheveu urbainement dépeigné et le regard matinal encore brumeux, attablées devant cafés au lait et cappuccinos. Je demande un bol de café et je croise les mains derrière la tête, détendu comme jamais. Ce n'est pas tous les jours qu'on se retrouve à une table près des fenêtres au déjeuner. Après seulement dix minutes d'attente. Après avoir baisé la veille.

— Dis donc, elle sort d'où, ta gueule de bienheureux? T'as l'air de quelqu'un qui a baisé toute la nuit!

Mon sourire s'élargit encore, Nico me lance un regard étonné.

— Oh bordel! T'as baisé! Avec qui avec qui avec qui?

Je le fais languir un peu, il y a le café qui arrive, choisir un sachet de sucre, agiter le sachet de sucre (le sucre étourdi se dissout mieux), ouvrir le sachet de sucre, verser le sucre, mélanger à la petite cuillère, prendre le temps de vivre, croiser le regard de Nicolas qui s'impatiente, souffler un peu sur le café, boire une première gorgée brûlante, la savourer pleinement, reposer le bol, soupirer d'aise, reluquer un peu la faune de l'endroit, un sourire abruti collé au visage.

— Parle!
— Avec un «n», que je lui donne comme indice.
— N'Ève? N'Layla? N'Janet? N'Marie-Andrée?
— Pas une disquaire-amazone, idiot!
— Je sais pas comment tu fais pour résister à leurs charmes! C'est fou!
— *Hey*, c'est pas comme si elles me couraient après non plus…
— Ève, elle te court pas après, tu vas me dire?
— Ouais, euh… Enfin. Je sais pas trop. Nancy. C'est Nancy. J'ai baisé avec Nancy.
— La rousse pulpeuse du café?! La danseuse? Celle qui porte presque pas de vêtements? *Wow!* Aaah! Elle est quelque chose, cette fille!

Il me dit ça en se moulant des seins imaginaires. Je rougis un peu, j'avoue qu'elle est divine. Je lui révèle quelques détails anatomiques et les avantages d'une séance de sexe avec une danseuse, il en bave presque, lui qui est avec la même fille depuis six ans au moins. Et fidèle. Je change de sujet en lui demandant pourquoi nous déjeunons sans Martine. Il m'avoue qu'il voulait me parler de quelque chose d'important, sans elle.

Silence.

Je hausse un sourcil, attendant la suite. Il met les mains à la hauteur de son ventre et sculpte un genre de ballon. Celui-là, je ne sais pas ce que c'est.

— Elle est grosse? Martine est trop grosse pour venir déjeuner? Tu t'en fais un peu pour rien, non? Elle est pas *si* boulotte.

Il agite les mains en faisant un air désespéré par mon manque total de compréhension du langage des mimes. Je lui mime que je suis désolé (poing fermé, majeur en l'air).

— Elle est enceinte, crétin! Elle attend un bébé! Je vais bientôt être papa!

Je prends un temps pour répéter lentement ces trois phrases dans ma tête. Je constate qu'elles sont toutes synonymes.

— *Oh my god!* Euh… Félicitations! J'suis… Content pour toi?

Si le bonheur se traduit par un rictus d'horreur sur le visage, il doit être vachement content. Il ne semble pas avoir remarqué que je viens de traiter sa copine de boulotte. Aouch.

— Je vais être père, tu te rends compte?! Martine a un enfant qui lui pousse dans le ventre!

— Ça a du bon, mon vieux, tu risques plus de te la faire piquer par un de ses anciens amis...

— C'est-à-dire?

— Ben c'est toujours comme ça, t'es célibataire, tu revois une jolie copine oubliée de l'époque où t'étais en couple. Qu'est-ce qui te vient soudainement en tête?

— Ben... La baiser!

— C'est bon. Et en lui posant des questions sur elle, tu finis par apprendre qu'elle a un marmot. Tu fais quoi?

— Ben... Je me sauve!

— C'est bien ce que je disais! Tu risques plus de te faire piquer ta blonde! Évidemment, tu risques aussi de tomber en panne de désir, avec son ventre, la graisse qui s'installe, les humeurs, elle a chaud, elle fait des caprices, elle bouffe n'importe quoi, elle veut plus baiser et puis y a rien de mieux que l'accouchement pour te désexualiser un corps! Tu veux que je te raconte un truc vraiment dégueu? Tu sais, la femme doit pousser, et pousser encore, à force de pousser, il finit par y avoir des trucs qui s'échappent...

— Ah bordel, arrête!

Il est sur le point de s'évanouir. Je lui en donne encore :

— Le dernier accouchement qu'on m'a raconté a duré vingt-quatre heures! Et pas question de t'éloigner, si tu lui tiens pas la main, elle va te le reprocher le restant de tes jours, qui seront misérables et sans sexualité! Ils ont dû sortir le bébé avec une espèce de débouche-toilette! La fille était complètement dans les vapes à cause des pilules, elle délirait, mais lui il était là, debout comme un taré, vacillant sur ses jambes ramollies, la main accrochée à celle de sa copine, incapable de s'arracher de là. Quand ils en sont enfin venus à bout, le pauvre mec pendait à moitié somnolent au bout du bras de la fille! Son fils a commencé à marcher avant que lui soit capable de se servir de sa main!

— Bordel, tu serais pas censé me dire des trucs comme «tout va bien aller», «tu vas voir, mon gars, ça va être le plus beau jour de ta vie», non?

— Pffft. J'suis pas ta mère. Tout va bien aller. Ce sera le plus beau jour de ta vie. Waou.

Mon ton morne et désabusé produit son effet, après un bref instant de retenue nous éclatons de rire, attirant sur nous les regards de quelques filles. J'en rajoute un peu pour leur montrer à quel point je suis un type drôle et sympathique, ça peut toujours servir. Nicolas fait «non, non» de la tête en souriant, je crois que ça faisait longtemps qu'il n'avait pas ri. Après tout, il ne sera pas le premier homme à se retrouver avec un enfant. Je lui fais part de cette judicieuse constatation. Il n'a pas l'air tout à fait rassuré.

— T'es pas du genre à te sauver tout de même?

Il me rassure en me parlant de Martine, l'amour qu'il a pour elle semble prendre le dessus sur la peur d'être père, de devenir celui sur qui l'on compte. Il a déjà l'amour, le boulot, la maison et maintenant l'enfant, les options sont de moins en moins ouvertes. Son chemin est tracé, et ce n'est pas celui qu'on voyait venir quand on avait dix-sept ans. Rien à voir avec les vidéoclips qui nous faisaient rêver, les guitaristes rock habillés de Spandex, pleins de fric et entourés de filles anorexiques à moitié nues, marinées dans la silicone et le collagène. Aujourd'hui on n'a plus grand-chose à foutre de ces filles ridicules, du fric qu'on n'aura jamais et surtout du Spandex. N'empêche qu'on ne se voyait pas non plus suivre les traces de nos parents, mais à force de vieillir et de voir nos choix possibles aller en diminuant, on finit par repérer les pantoufles et le fauteuil. On trouve la bonne fille, on trouve un boulot décent, on voyage un peu, on place le reste du fric sur la maison et puis *prout*! Y a un marmot tout bleu et tout gluant qui sort du ventre de notre copine. Il hurle d'horreur en découvrant le monde. Elle hurle de douleur sous l'effort. On hurle en voyant cette chose qui va prendre tout le temps et le fric de nos dix-huit prochaines années. Adieu, veaux, vaches, cochons, Spandex et pouffiasses anorexiques. Fini l'escalade et les sports extrêmes, voici un beau petit sentier asphalté pour la petite famille.

Bon, j'avoue, j'exagère. Ça ne doit pas être si pathétique. Je n'en sais rien, à vrai dire. Rien du tout.

— Un peu de magasinage rue Saint-Denis, ça va te remonter le moral, tu vas voir!

J'ai une envie soudaine de me ruiner pour des vêtements neufs, c'est le sexe qui veut ça. Dès qu'on se remet à baiser, on se sent fier, attirant, on veut bien paraître, on veut que ça continue. Nico est d'accord pour aller faire le plein de guenilles de luxe. Je lui suggère d'en profiter parce que bientôt tous ses vêtements seront souillés de dégueulis d'enfant. Le temps du «bien paraître» sera définitivement terminé. Les filles ne le trouveront plus attirant mais attachant, elles trouveront qu'il a l'air *gentil*. Elles auront pour lui un regard attendri en voyant un père et non pas un prédateur sexuel. Je devine, au ton sur lequel il me conseille de fermer ma sale gueule de lépreux débile, qu'il a encore envie d'être le prédateur. J'essaie d'en rajouter encore et je reçois de sa part un coup de poing sur le bras qui traverse mon manteau et me fait encore mal deux chemises trop chères et une paire de bottes plus tard. Le cynisme et le crédit sont indissociables de ma génération.

Nous rencontrons Alex par hasard, sortant d'une cabine d'essayage chez Stoopid, affublé d'un pantalon en stretch rayé à taille basse qui lui moule les organes génitaux à un point tel que nous pouvons distinguer laquelle de ses couilles est la plus grosse (celle de gauche). La vendeuse se dilate les pupilles sur le spectacle et se perd au milieu de nos poignées de mains. Je me demande si elle va suivre Alex dans la cabine pour l'aider à se changer, attirée par le relief de sa verge dont nous pouvons même suivre la forme du gland. Je constate qu'une grosse couille gauche fait porter à droite. Nous farfouillons un peu dans les manteaux pendant qu'Alex enfile une tenue plus décente. La vendeuse s'évente avec un dépliant. Elle a les pommettes rouges et le regard inexpressif.

Après quelques achats, ayant enfin calmé le monstre de l'endettement inutile qui nous dévore par en dedans, nous allons faire une pause dans la chaleur d'un café, histoire de jaser un peu et d'augmenter encore le taux de caféine de notre sang. Nico et Alex se rencontrent rarement et ils ont tout plein de trucs à se raconter, alors je reste plutôt silencieux. Je regarde passer les filles dans la rue et constate qu'elles sont tout aussi belles emmitouflées dans leurs manteaux d'hiver qu'à moitié nues l'été.

Je pense à Nancy. Un mince sourire se dessine sur mes lèvres, je me demande si je l'appelle ou si j'attends qu'elle m'appelle. Je lui fais une visite surprise au café ? Compliqué tout ça. J'aurais envie de la voir/sentir/lécher tout de suite. Alex me donne un petit coup sur l'épaule qui fait encore mal, me disant que j'ai l'air songeur. Je lui fais un prude résumé de mes ébats de la veille, il s'étonne et me félicite d'une façon un peu figée (comme ça arrive souvent dans ce genre d'occasion, l'achat d'une nouvelle voiture, la guérison d'une maladie vénérienne, l'arrivée soudaine d'un énorme héritage dû à la mort de tout le reste de la famille dans un accident d'avion, où l'on se demande si le protocole exige de féliciter l'individu concerné). Il me raconte ensuite qu'au moment où il sort de scène après un spectacle, il a une énergie sexuelle inépuisable et que Sandrine, c'est pareil, alors imaginez hier soir. Il nous fait quelques gestes équivoques, un couple de baby-boomers banlieusards en visite ramasse brusquement tasses et pâtisseries et change de place, dégoûté. Les rides qu'ils ont de chaque côté de la bouche indique clairement que tout leur répugne depuis bien des années.

Nous les observons en silence déménager leurs babioles et Alex continue son histoire en haussant les épaules, heureux d'ajouter quelques détails explicites pour le plaisir de choquer le couple qui fait semblant de ne pas écouter, bouche molle mordillant une bouchée de croissant par-ci et homme sérieux le regard au loin pour réfléchir aux choses importantes de la vie par-là. Nico nous écoute avec l'air de celui qui n'a rien de pertinent pour alimenter la conversation. Alex confie qu'il baise toujours avec du vieux rock déglingué en musique de fond, je m'oppose en disant qu'avec du techno c'est meilleur, nous regardons Nico pour avoir son avis. Long silence. Il finit par nous marmonner un truc. J'ai bien entendu, mais je lui demande de répéter tout de même, le temps d'imaginer la scène.

Barbra Streisand?!

Il dit que c'est elle, enfin, vous savez bien que c'est pas moi qui. Ça finit par quelques grognements inaudibles, je suis pas *cool* comme vous deux, ça me dérange pas la maudite musique qui joue quand je baise, c'est elle qui ah et merde.

Barbra Streisand! J'aimerais lui demander si c'est Martine qui lui enfonce son vibromachin au derrière pendant que Barbra couine *Lost inside of you* mais il a déjà changé de sujet. Et puis, Alex, ce spectacle?

Il y a des limites à l'impertinence que je peux me permettre avec les amis que je n'ai pas encore perdus à cause de mon impertinence. Je secoue la tête pour chasser les images salaces impliquant Nicolas, Martine et Barbra qui me sont venues à l'esprit.

Et puis, Alex, ce spectacle?

Il nous parle de la fellation que Sandrine voulait lui faire cinq minutes avant d'entrer en scène (pour se détendre, qu'elle disait, il n'y a rien de mieux) et de son improbable refus, il dit avoir invoqué Miles Davis qui prétend que l'orgasme avant un spectacle détruit l'énergie sexuelle nécessaire à une bonne performance. Ah bon? Il mime un solo de guitare à Nicolas. Je le félicite pour ses textes, il est beaucoup plus cohérent quand il écrit pour elle que pour lui. Mélodies accrocheuses, chanteuse charismatique et sexy à la voix puissante et juste, je lui dis de faire attention, peut-être que ses projets vont finir par avoir du succès. Comme pour appuyer mes dires, la serveuse lui demande s'il est bien le guitariste du groupe Kitchen et le félicite pour sa performance, en lui servant son deuxième double espresso. Elle-même joue de la guitare oh enfin, je suis débutante, dans un petit groupe punk avec trois autres filles, j'aimerais suivre des cours s'il ne connaîtrait pas quelqu'un qui en donne mais ça tombe bien justement moi, oui, j'en donne des cours. Et voilà qu'il lui sort sa carte d'affaires et qu'elle s'en va ravie. Une autre jolie fille sous le charme d'Alex l'ensorceleur. Je suis sûr qu'elle se retient de lui lancer sa culotte en hurlant son nom.

Nico donnerait tout pour savoir jouer de la guitare en ce moment. Il a les yeux implorants du bébé chien, dans la cage de l'animalerie, qui rêve qu'on le ramène à la maison. Je le secoue un peu pour interrompre sa rêverie. Il soupire.

Alex demande des nouvelles de Martine, Nicolas refait son mime du gros ventre. Je ris déjà, sachant qu'Alex va lui raconter l'histoire de son père…

— *Wow!* Félicitations, mon vieux! Super! Enfin un de nous qui se met à procréer! Un adulte parmi les jeunes écervelés! Tu sais, mon père est devenu aussi gros que ma mère pendant sa grossesse. Par sympathie, j'imagine. Et au bout de neuf mois, il a pas perdu une putain de livre! Tu sais ce qu'il a fait dans la salle d'accouchement, quand le docteur a dit «je vois la tête»?

Nico ne veut sûrement pas le savoir, mais sa curiosité l'emporte.

— Il a fait quoi?

Je l'entends déglutir péniblement, il serre très fort les accoudoirs de sa chaise.

— Il était tellement écœuré par toutes les odeurs, les instruments tranchants, la souffrance de ma mère, qu'il s'est mis à dégobiller partout! Il délirait en disant: «Le docteur voit la bête! La bête est là!» Je suis né pendant que mon père vomissait de dégoût!

— Ah bordel! Est-ce qu'on peut changer de sujet? S'IL VOUS PLAÎT!

Je crois avoir vu une goutte de sueur lui couler sur le front. Je reprends l'observation des passantes en souriant.

—J'ai vu ton ex, hier.

Je me retourne vers Alex pour voir à qui il parle. Je me redresse d'un coup sur ma chaise en constatant qu'il me regarde. Me remettre à baiser m'a presque fait oublier toutes les ex du monde.

— Tu sais, Sophie? Ton ex? La fille à qui t'as ruiné la vie en l'abandonnant comme un sauvage? Elle aimerait que tu passes chez vous… Euh… Chez elle… Enfin, à ton ancien appartement. Elle a une boîte pleine de trucs pour toi.

Des cadeaux? Il paraît que non. Il paraît qu'elle se laisse pousser les cheveux. Il paraît qu'elle a maigri. Il paraît que ses affaires vont bien. Il paraît qu'elle était avec un mec, il paraît grand, il paraît musclé, il paraît gueule de riche, il paraît je n'en ai vraiment rien à foutre, merci. Je passe quand je veux, paraît-il.

— On y va?

Mes deux compères se lèvent sans hésiter, ravis de l'invitation. Je n'aurais jamais eu le courage d'y aller seul, mais en groupe ça pourrait devenir amusant. J'ai bien hâte de voir ce que j'ai pu oublier chez elle.

Nous marchons, essayant de trouver l'idée la plus farfelue du contenu de la boîte. Un rat crevé. Une poupée vaudou avec quelques-uns de mes cheveux sur la tête. Un enfant que je lui aurais fait lors de notre dernière partie de sexe. Ma collection de revues pornos. Nico, je n'ai pas de revues pornos. Une bombe ?

Je sonne (et je résiste à l'envie de m'enfuir). J'entends la sonnerie indiquant que la porte est maintenant déverrouillée, je grimpe l'escalier intérieur, seul. Elle ne semble pas vraiment étonnée de me voir. Cheveux longs frisés, drôlement habillée, plus mon genre du tout. Je ne l'avais pas vue depuis novembre, quand elle est revenue chercher son poisson à la boutique. *Flash-back.*

Novembre, quand elle est revenue chercher son poisson à la boutique

Mi-novembre, quinze heures, pluie. La neige n'a pas tenu le coup. Ève est debout sur la pointe des pieds, grimpée sur une vieille caisse de lait en plastique rose, installant des affiches de Moby sur le mur face au comptoir. J'observe le creux de son dos, que dévoile son chandail court quand elle lève les bras. La courbe parfaite de ses fesses. Est-ce qu'elle me désire vraiment ou bien j'ai rêvé les réponses de ce foutu questionnaire ? Je regarde ailleurs, question de voir si je suis capable de penser à quelque chose d'autre qu'au sexe ne serait-ce qu'un court instant. Mon occupation du moment consiste à mâchouiller un bâton de café, assis derrière le comptoir, les mains dans les poches. Je me gratte quand ça pique. Je mets une main devant ma bouche quand je bâille. Ce genre de choses. J'essaie de trouver ce que je vais faire dans quelques jours, quand mes deux semaines réglementaires d'avant démission seront terminées. Rien ne me vient. La poussière descend lentement sur ma pile d'enveloppes prêtes à poster aux employeurs, qui n'ont absolument pas besoin de mes services et de mon *inexpertise* dans tous les domaines.

Gling-gling, une fille débarque dans la boutique. Elle rabat le capuchon de son imperméable, surprise, c'est Sophie. Je reste étonnamment calme alors qu'elle constate les changements des derniers jours. Il y a précisément trente-deux poissons rouges dans le magasin, contenus dans quatre bocaux, deux pots à fleurs, trois grands verres et deux pichets à bière. Alex a glissé sur le seul poisson qui ressemblait à Clyde, après l'avoir échappé par terre. Il n'y a qu'Alex qui a survécu à l'accident. Nous n'avons rien camouflé, pensant qu'elle allait vite comprendre que sa bestiole n'avait pas tenu le coup (peut-être même apprécierait-elle que nous ayons voulu lui remplacer le mort par un beau poisson tout frais). Je mâchouille mon bâton à café, Ève m'interroge du regard. Je fais un signe de la main pour lui signaler que tout va bien. Sophie s'approche du comptoir.

— Vous vendez des poissons maintenant?

— Clyde a mal vécu son déménagement, désolé. Tu peux prendre ceux qui t'intéressent.

Je lui dis ça comme si elle faisait une bonne affaire. Je sens qu'elle rêve de m'arracher les viscères et de marcher dessus. Elle repère un bocal où nagent trois poissons, plonge la main dedans pour en saisir un et l'envoie violemment exploser sur le mur où Ève s'affaire. Une tache huileuse se forme et le cadavre aux tripes éclatées glisse lentement le long du mur, jusque derrière le meuble. Rempli de disques. Vissé au plancher. Décidément, c'est un cimetière de poissons ici.

Sophie remet son capuchon et repart, le bocal sous le bras, non sans m'envoyer un regard fielleux en murmurant «trou de cul», assez distinctement pour que je l'entende.

Je crois qu'elle ne m'aime plus.

Je demande gentiment à Ève si elle ne pourrait pas couvrir la tache huileuse avec une affiche. Elle éclate de rire et s'exécute. Clac, clac, clac, clac. Une agrafe à chaque coin, et voilà qu'elle efface un souvenir de mon ex avec Moby déguisé en cosmonaute.

Il faut voir l'ambiance surréaliste que donnent tous ces poissons nageant allègrement dans la pénombre à la fermeture du magasin. Magique.
Fin du *flash-back*.

Retour à la réalité. L'ex me détaille alors que j'hésite entre attendre qu'elle me file cette foutue boîte ou disparaître dans un nuage de fumée. Nous sommes le vingt-sept janvier mais il y a encore un sapin de Noël dans l'entrée. Elle me regarde le regarder mais ne cherche pas à me donner d'explications. Ça me fait penser que j'ai économisé à passer Noël en célibataire, seul et misérable dans mon demi sous-sol, liquéfié sur mon divan devant mon absence de télévision, mon absence de sapin, mon absence de cadeaux et mon absence de soucis. Après les « Salut ça va ? Ça va, toi, ça va ? Oui, oui » d'usage (nous ne voulons pas vraiment le savoir), elle me laisse seul dans l'entrée pour aller chercher la boîte. En m'avançant un peu pour cochonner son nouveau tapis beige avec mes bottes pleines de sel, de sable et de neige sale, je constate que les meubles ne sont plus du tout à la même place et qu'il y en a des neufs (ceux qui sont laids). Il y a des babioles partout. Chandelle par-ci, encens par-là.

— Feng-shui.

Je me retourne, croyant qu'elle a éternué.

— Feng-shui. C'est un environnement feng-shui, qu'elle me précise. L'harmonisation de l'environnement avec les forces de la nature.

Je dis : « Oui oui, je connais. »
Je pense : « Oui oui, l'occasion idéale pour les vieilles dames dépensières et blasées d'acheter de nouveaux bibelots à dépoussiérer chaque semaine. »
Je pense aussi : « Oui, oui, quoi de mieux que de s'acheter quelques objets que je n'aurais pas aimés pour prouver aux gens que tu m'as oublié très vite et que ta vie a changé pour le mieux. »
Je pense aussi : « Oui, oui, quoi de mieux quand on est sur la pente descendante que de sombrer dans une spiritualité

bidon adaptée très librement des coutumes d'un peuple qu'on ne connaît pas vraiment.»

Je pense aussi : «Je suis ignoble et de mauvaise foi.»

Il y a un silence.

Assez long.

Pour clore cette passionnante conversation, elle me balance une boîte en carton sale et mal fermée entre les mains et me suggère d'être prudent en redescendant l'escalier. Le message est clair et je n'insiste pas, je n'avais pas l'intention de rester bien longtemps. Au milieu de l'escalier, j'entends la porte qu'elle referme, juste assez bruyamment pour essayer de me mettre mal à l'aise. Elle m'oublie déjà (sans doute déçue que je ne me sois pas cassé la gueule sur les marches glissantes) et je réussis, au bout de cinq minutes d'acrobaties, à ouvrir la porte d'entrée sans échapper ma boîte ou vider le contenu à mes pieds.

Je rejoins Alex et Nicolas qui sont en face, chez Bob barbier, à décortiquer le fouillis de pots à biscuits, assiettes, verres, bibelots, grille-pain, à la recherche d'une bonne affaire. J'ouvre ma boîte devant Bob, émerveillé. Son activité favorite consiste à rôder dans les rues de Laval, la fin de semaine, pour repérer les ventes de garage, acheter quelques machins un dollar ou deux et les revendre dans sa boutique à vingt dollars ou plus. Je ne l'ai jamais vu couper les cheveux. Personne ne l'a jamais vu couper les cheveux. Le temps qu'il passe dans sa boutique est consacré à des débats animés avec quelques vieux du quartier qui viennent s'échouer sur les chaises traînant çà et là au milieu du capharnaüm. Elles sont à vendre. Tout est à vendre ici.

Il caresse sa moustache, penché au-dessus de ma boîte alors que je lui propose une valise, une perruque, quatre verres à *shooters* affreux qu'elle m'avait donnés en cadeau, un porte-CD (qui fait vachement Feng-machin, je me demande pourquoi elle me l'a rendu) et des dizaines de lettres d'amour qui n'ont plus aucune raison d'être. Je récupère les enveloppes venant de tous les endroits où je n'ai pas encore fait mon changement d'adresse, je m'assure qu'il n'y a plus rien d'intéressant, et je demande à Bob combien il me donne pour la boîte au complet, lettres d'amour incluses.

— Quinze dollars? qu'il me propose.

Je grimace en disant que non, pas question, je lui laisse tout pour cinq. Il sort un gros tas de billets de son portefeuille et en extirpe un billet de cinq dollars. Je ne peux m'en empêcher, chaque fois que je vois quelqu'un exhiber une telle liasse de billets, j'ai une vision furtive de moi donnant un bon coup de gourdin derrière la tête de l'individu en question pour m'enfuir avec le magot.

— Cinq sous, pas cinq dollars! Je vends la boîte au complet pour cinq sous.

Il remet le billet dans son portefeuille sans insister. Les affaires sont les affaires. Il me tend une pièce de cinq sous, ravi, et me demande cyniquement si je veux un reçu. Mais bien sûr. Je lui demande d'inscrire dessus : «Cinq sous, en échange d'une boîte pleine de saloperies, incluant lettres d'amour». En sortant, je dépose le reçu dans la boîte aux lettres de l'ex.

Alex a racheté la perruque, deux dollars. Il retourne fièrement chez lui avec une longue tignasse rousse frisée posée de travers sur son crâne rasé.

□ □ □

Ça fait quelques heures que je fixe le vide, là où chez les gens normaux il y aurait une télévision. La soirée s'étire sans que je sache quoi en faire. Je regarde le téléphone en me disant que si je me concentre très fort peut-être que Nancy va finir par appeler. Je découvre un roman de Réjean Ducharme que je n'ai pas encore lu dans ma bibliothèque pour me changer les idées. Je n'ai même pas eu à lever mon cul du divan pour l'atteindre, j'en ai de la chance. Je lis quelques pages. Silence. Je mettrais bien de la musique, mais je n'arrive pas à décider ce que j'aimerais entendre. Je croise les jambes. Décroise les jambes. J'observe le téléphone. J'attends que Nancy appelle mais, pour une raison qui m'échappe, c'est à Ève que je pense. Je relis les quelques pages du bouquin, parce que je pensais trop à Ève et que je n'ai rien compris de ce que j'ai lu. Je jette un œil vers les CD à la recherche d'un truc intéressant. Pas d'idées. Je lis quelques lignes. Change l'éclairage. Fouille dans le frigo. Ramasse une boîte de boisson vitaminée au chocolat. Retourne lire. Nancy. Aucune concentration. Déplace le fauteuil. Ève. Croise les jambes. Me lève pour aller jeter la boîte vide. Tripote un coussin. Me rassois. Croise les jambes. Relis un passage. Décroise les…

Je bondis dans les airs en poussant un petit cri de macaque :
le téléphone. Je me touche le cœur pour voir si la sonnerie ne
m'a pas tué d'une attaque cardiaque. Ça va. C'est bon.

Nancy.

Elle m'invite à un spectacle de danse demain soir. Pourquoi
pas, s'il faut faire semblant de s'intéresser à quelques trucs
ennuyeux pour baiser, faisons-le. Et puis c'est de la danse
contemporaine, alors il y aura sûrement du nichon. Je déduis
que si elle m'invite pour demain c'est qu'elle a des plans pour
ce soir, alors je n'insiste pas, je ne propose rien de compro-
mettant et je retourne à mon livre. Mais où est ce foutu livre ?
Je le retrouve dans la poussière sous le lit et je m'attaque au
même passage pour la troisième fois, toujours avec l'esprit
ailleurs, constatant que Nancy m'a appelé comme je voulais
mais que ça ne m'a pas excité comme je me l'étais imaginé. Le
téléphone sonne de nouveau (un autre bond, un autre cri de
macaque), je me touche le cœur pour voir si la sonnerie ne
m'aurait pas tué cette fois-ci. Toujours pas. Je réponds.

Ève.

Elle m'invite, comme ça, à une fin de semaine de ski à
Saint-Sauveur dans un chalet loué par des amis. La fin de
semaine prochaine, qu'elle me dit. Je n'ai pas de skis, elle dit
« pas grave ». Je n'aime pas le ski, elle dit « pas grave ». Je
n'aime pas Saint-Sauveur, elle dit « pas grave ». J'avoue qu'elle
a des arguments efficaces, alors j'accepte. Je n'ose pas lui
demander pourquoi elle m'invite. Je retrouve mon livre, plus
facilement cette fois, à quelques centimètres de l'endroit où je

l'ai perdu la fois d'avant, si j'en juge par les traces laissées dans la poussière. Je n'ai plus assez de concentration pour m'y remettre, je le replace sur l'étagère. Je retourne m'asseoir avec une revue de mode masculine. Je ferme les yeux, juste un instant, je n'ai pas envie d'aller dormir. J'ai sommeil.

Ève, Nancy. Nancy, Ève. Je ne serais pas en train de me foutre dans la merde?

□ □ □

C'est en fouillant dans le tiroir de sous-vêtements des hommes qu'on sait s'ils sont actifs sexuellement. L'individu abstinent néglige trop souvent l'entretien de ses dessous, car il sait qu'il n'aura pas à les exhiber devant une fille curieuse de découvrir ce qui se cache dedans. Je n'ai pas encore eu le temps de faire la mise à jour de ma garde-robe en fonction de mon statut d'homme copulant : ce que j'ai devant les yeux est déplorable. Je ramasse donc mon énorme sac en toile et je pousse en boule à l'intérieur tous les vêtements à laver. Mon appartement a soudainement l'air propre par la même occasion.

Je suis seul à la buanderie, ce qui est miraculeux pour un dimanche. Je laisse mon esprit dériver lentement, le regard dans les vapes. Nancy. Ève. Les femmes. Je me lève et je m'approche du téléphone public, fouillant dans ma poche pour une pièce de monnaie. J'appelle Alex sur son cellulaire, le spécialiste. Il est à son local de répétition, j'entends le grondement de la batterie derrière ses hurlements.

— OUI? ALLÔ OUI?
— Salut, mec, j'ai une question urgente!
— OUI? QUOI DONC?

— Ben, c'est Nancy qui m'a appelé hier pour m'inviter à un spectacle de danse, mais on s'était vus la veille ! À ton avis, ça veut dire quoi ?

Le batteur vient d'arrêter, à la suggestion d'Alex. « Arrête ou je t'arrache la face avec mon manche de guitare » étant sa suggestion.

— Une fille qui enfreint la règle des « deux jours d'attente avant de rappeler » ? C'est sûrement qu'elle est désespérée et qu'elle a déjà peur de te perdre ! Méfie-toi !
— C'est bien ce que je pensais, merci !
— Bye !

Donc Nancy serait possessive et désespérée. C'est l'explication la plus plausible ; comment expliquer sinon qu'une fille rappelle le lendemain d'un rendez-vous ? Ça ne s'est jamais vu. Les conventions exigent qu'elle rappelle le troisième jour suivant la rencontre si on ne l'a pas appelée le deuxième jour. C'est bien connu.

Et moi, ne suis-je pas désespéré ? Sinon comment expliquer que je m'en vais ce soir assister à un spectacle de danse contemporaine ? Ce n'est pas assez désespéré, ça ?

□ □ □

Ça débute dans le noir le plus complet. Je ne vois même plus Nancy, qui s'est habillée de façon délicieusement sexy, un chandail noir en tissu élastique léger qui moule ses seins parfaits, une jupe en jean au-dessus du genou et les bas qui arrêtent quelque part en dessous, dévoilant juste assez de chair quand elle est assise pour me rendre fou. J'explore à tâtons, glissant ma main sous sa jupe, là où sa cuisse est nue.

Je commence à inspirer profondément, bien calé au creux de mon siège, dans l'espoir de contrôler d'éventuels fous rires.

Un rond de lumière apparaît au milieu de la scène. Un mince rayon lumineux qui va en s'agrandissant de façon très subtile. Les secondes passent aussi vite que des éléphants culs-de-jatte traversant le désert. Nous commençons à distinguer quelque chose. Une danseuse, vêtue d'une robe de mariage ensanglantée, rampe jusque sous le rond de lumière et s'installe en position fœtale. Elle se tortille pour sortir de la robe. Et soudain, elle frappe de ses mains ouvertes sur le plancher et se met à hurler : « Emporte-moi, divine ! EMPORTE-MOI LÀ OÙ JE NE SUIS PLUS UNE FEEEEEEMMMME ! »

Je me lève comme si j'étais bâti sur ressorts et je cours comme un dingue pour sortir de la salle. J'ai à peine ouvert la porte pour me retrouver dans le hall que mon fou rire éclate, incontrôlable. Je me réfugie aux toilettes et j'en profite pour pisser. Quelqu'un qui entrerait ici se demanderait assurément pourquoi je ricane, larmes aux yeux, en regardant mon pénis se vider dans l'urinoir. Je me lave les mains en reprenant mon souffle.

Je retourne courageusement m'asseoir près de Nancy. Elle ne me demande même pas où j'étais, curieusement absorbée par le spectacle. La danseuse court maintenant d'un bout à l'autre de la scène, la tête molle et les bras pendants. Ce serait d'une intensité dramatique incroyable s'il n'y avait pas le bruit des téléphones cellulaires, des téléavertisseurs, des flatulences de repas trop riches et des montres numériques. Bip bip (il est vingt heures). Et puis tout s'arrête. La musique, les lumières, tout. Serait-ce fini ? Je me tiens prêt à partir, déjà à demi relevé.

Non. La lumière revient sur scène. Comme si je n'en avais pas eu assez, elle recommence. Elle se roule par terre. Elle brame. Elle se tord. Elle beugle. Elle se frappe la tête sur un mur. Elle s'écroule, après quelques mugissements au sujet de sa mère, et les applaudissements retentissent. J'ignore comment tous ces gens ont su que c'était enfin fini. J'applaudis ma patience.

La danse contemporaine, c'est merveilleux. Bon. Je suis déjà debout et je m'empare de la main de Nancy pour accélérer notre sortie. Allons-y, sinon il y aura foule pour récupérer les manteaux! Fuyons! Quittons le navire! Les femmes et les incultes d'abord!

Le point positif de cette chorégraphie, c'est qu'elle était courte, ce qui nous laisse le temps d'aller prendre une bière et de rentrer à pied chez Nancy, pour une séance de sexe torride entre adultes consentants. Pendant nos ébats, je constate avec angoisse que le cœur n'y est pas vraiment, j'ai l'impression d'avoir entrepris un processus de séduction avec Ève et que je gâche tout en venant ici.

Je me rhabille vers deux heures du matin, sans réveiller Nancy qui dort les fesses à l'air. C'est très alléchant, mais je travaille demain et j'ai envie d'aller me changer de vêtements. Avant de partir, je l'embrasse doucement dans le cou, elle est à croquer tout de même, cette fille. Je traverse le corridor et je me retrouve dans l'air frais et sec de l'hiver.

□ □ □

Lundi matin.

Ces deux mots mis ensemble suffisent à déprimer un tas de gens. Lundi matin. Lundi matin. Cette incantation vaudou, prononcée devant certains individus, suffit pour qu'ils tournent les yeux à l'envers et se tiennent le ventre en retenant une giclée de bile. C'est la dixième fois que je prononce l'incantation à Laurie, qui me fait un faciès de dégoût différent chaque fois. Il faut dire qu'elle a répété jusqu'à très tard avec les Mal Élevés, qui sont ensuite allés prendre un (plutôt cinq) verre pour fêter l'arrivée en première position de leur chanson *El fantasmo* dans les palmarès des radios universitaires.

J'installe un vieil album de Marley dans le lecteur pour lui faire plaisir. Elle sourit et se trémousse lentement au son de la musique (sans renverser son café!). Faire sourire les disquaires-amazones, c'est la partie que j'aime le plus de mon boulot.

Évidemment, je travaille encore chez Scratch. Il s'est passé beaucoup de choses dans ma tête entre le moment où j'ai annoncé ma démission à Monsieur Robert et le jour où j'étais censé partir comme je le lui avais annoncé, deux semaines plus tard. J'ai vécu pour commencer une longue semaine d'abattement profond, assis sur le banc derrière le comptoir à réfléchir à ce que j'allais bien pouvoir faire de ma vie. Sans rien trouver d'intéressant. Les disquaires-amazones m'adressaient à peine la parole, car elles ne savaient pas quoi dire pour m'encourager. Je ne crois pas avoir réfléchi autant depuis l'adolescence, j'entendais presque les rouages encrassés de mon cerveau se remettre en marche. Tous les matins pendant cinq jours le même rituel : acheter les journaux et lire toutes les offres d'emploi. Au dîner et le soir, après le travail, recherche active sur Internet. La nuit, insomnie à l'idée de me retrouver devant rien. Ou devant pire que ce que j'avais avant. Je me disais qu'on ne m'engagerait même pas dans un laboratoire si je me déguisais en rat. Je ne m'engagerais même pas moi-même pour travailler à la boutique.

Ce samedi-là, Monsieur Robert a débarqué de Paris spécialement pour me voir. Je croyais qu'il voulait simplement s'assurer que les disquaires-amazones allaient bien gérer la boutique en attendant mon remplaçant, voir avec moi les quelques informations cruciales qu'il faudrait transmettre au successeur, ce genre de trucs. Mais non. Il m'a plutôt invité à prendre une bière (trois pichets) au Barbare et s'est mis à jouer avec ma tête.

— J'aimerais t'offrir quelque chose que tu serais fou de refuser, qu'il m'a dit.

— Ah bon. J'ai hâte de voir ce que ça peut être.

Je disais ça sans conviction, persuadé qu'il ne pourrait pas m'aider à me trouver un boulot décent.

— Je veux t'offrir un poste de gérant chez Scratch.

Je me disais que c'était une blague, mais je n'arrivais pas à trouver ça drôle. J'attendais l'explication.

— Écoute. Il y a dix ans, j'ai engagé un jeune loup plein d'idées nouvelles qui a transformé complètement la boutique, prenant des risques, s'adaptant aux nouveaux courants musicaux, avec un flair incomparable pour attirer la clientèle du Plateau-Mont-Royal que je ne connaissais pas du tout. Tu es arrivé au bon moment et tu as fait des miracles avec cette boutique.

J'étais flatté. J'attendais la suite des compliments.

— Et voilà que dix ans plus tard je me retrouve avec un petit con cynique et blasé pour gérer la boutique, assis sur son cul huit heures par jour à attendre que quelqu'un l'abatte pour achever ses souffrances.

Aouch.

— Je m'aperçois qu'il est temps de mettre du nouveau dans ce magasin, les ventes stagnent depuis quelques années, les trente-trois tours de collection n'attirent plus personne depuis l'arrivée d'Internet, je veux réviser la façon de gérer ce magasin et j'ai besoin de quelqu'un capable de relever des défis, pas quelqu'un qui se contente de mâchouiller un bâton de café les bras croisés en regardant le cul des clientes, dans cette odeur de poisson pourri.

Je lui avais remis ma démission, mais j'avais l'impression que c'était lui qui me foutait à la porte. J'attendais la suite, buvant ma bière à grandes gorgées pour amortir ma chute, surpris de la justesse de ses informations. Sans doute y avait-il une délatrice parmi les disquaires-amazones.

— Alors voilà. Pour te remplacer, j'ai besoin de quelqu'un comme celui que tu étais il y a dix ans. Quelqu'un qui va me vider cette boutique des vieilleries invendables, qui va me ramener la clientèle disparue à l'arrivée de l'ordinateur et du format mp3. Développer le marché, se mêler un peu plus de la comptabilité. Il y aura plus de responsabilités mais aussi plus d'avantages pour le nouveau gérant.

— Euh… Quel genre d'avantages ? dis-je, curieusement intéressé.

— Augmentation de salaire, prime annuelle au pourcentage d'augmentation des ventes, je veux aussi un adjoint pour que la réussite de la boutique ne repose plus sur une seule personne.

Mmmm.

J'étais songeur. Il est vrai que, si j'avais perdu le sentiment d'accomplissement au travail, c'était entièrement de ma faute. Je m'étais laissé gagner par la paresse, pour ça il avait raison. Mais de là à reprendre le poste comme si c'était un nouvel emploi ? J'avais tellement l'impression depuis une semaine qu'il n'y avait rien pour moi ailleurs que c'était à considérer.

— Euh… Je peux y penser ?

— Une semaine. Dans une semaine, je veux un jeune loup pour gérer Scratch. Ou une jeune louve. Plus de petit con. Fini les petits cons.

Alors j'ai accepté.

Monsieur Robert m'a « repris » à certaines conditions, m'assurant que si je ne faisais pas l'affaire il me mettrait à la porte sans hésiter. Il semblait sincère, après tout c'est de son commerce qu'il était question et il ne voulait pas qu'un abruti (un petit con cynique et blasé, en l'occurrence) le prive de ses revenus. Janet est devenue mon adjointe, enchantée de voir son salaire prendre un peu de vigueur, enchantée aussi de se sentir responsabilisée, elle qui n'avait fait que de vagues études inutiles, comme moi. Nous étions deux naufragés décidés à nous bâtir une carrière en gestion. Nous avons pris en main le calcul des paies, l'inventaire, le budget alloué pour la publicité, toutes les tâches dont Monsieur Robert était bien heureux de se débarrasser.

Il nous a même donné un montant pour effectuer des rénovations, ce qui nous a permis de repeindre, d'acheter de nouvelles lampes, quelques chaises, de changer l'affiche lumineuse annonçant le nom de la boutique et de faire décorer les deux grandes vitrines. Nous avons choisi le style et les couleurs des années soixante, question de redonner un aspect homogène à la boutique qui avait perdu de son charme, à force de rajouter un élément de décoration ou deux au gré des modes. C'est Layla qui a eu l'excellente idée de rajeunir le nom de la boutique, simplement en y ajoutant un point d'exclamation. Alors que Scratch faisait référence aux égratignures sur les disques de vinyle, Scratch! donne du dynamisme au nouveau logo inspiré des bulles de bandes dessinées et de la vieille série de Batman, quand les Pouf! Bang! Krak! et autres Scratch! s'affichaient à l'écran lors des batailles. L'environnement de travail est infiniment plus agréable. Nous nous sommes également offert une équipe de nettoyage, pour nous débarrasser des poissons morts et de leur odeur de plus en plus envahissante. C'est dingue comme ces sales petites bêtes finissent par puer quand on les laisse traîner derrière des présentoirs à disques.

Nous avons fait une vente spéciale «faites votre offre» sur tous les disques de collection. Les gérants des boutiques de disques usagés des environs sont repartis avec des lots impressionnants de musiques rares sur disque, mais qui se trouvent facilement en format mp3 et qui traîneront dans la poussière ailleurs qu'ici. Nous avons maintenant un *deejay* (un vrai, pas quelqu'un qui ne possède ce titre qu'à cause de ses initiales) qui vient animer l'endroit tous les vendredis soir. C'est Francis, le *deejay* des Mal Élevés, qui réussit à vendre pratiquement tout ce qu'il fait jouer.

Inauguration officielle de notre section de musique pour enfants, incroyablement populaire grâce à la clientèle féminine du Plateau qui, après avoir dit oui pour l'achat du chien dans le but évident d'habituer l'homme du couple à s'occuper d'un être vivant, s'est mise à procréer massivement.

Nous avons même vendu tous les poissons. Ceux qui n'avaient pas fini leurs jours éclatés sur un mur, évidemment.

Je ne suis sans doute pas redevenu le jeune loup que j'étais à l'époque, mais en quelques semaines j'ai réussi à voir mon boulot sous un nouvel angle, à sentir que je suis là pour quelque chose. Ce qui me permet d'effectuer de petits miracles, comme réussir à mettre Laurie de bonne humeur un lundi matin. Elle chante avec Bob Marley en plaçant des disques. Et en se trémoussant le derrière. Je me secoue la tête pour sortir de ma transe et je regarde ailleurs.

Une dame âgée me désigne un truc en me demandant si c'est un talisman qui protège des mauvais esprits. Je regarde ce qu'elle montre, l'énorme boule tout en miroirs qui tourne en permanence au-dessus de nos têtes, au comptoir (une nouveauté).

— Euh, non, désolé, m'dame, c'est une boule disco.
— Pour le Feng-Shouing?
— Euh, non, pas pour le Feng-*Shui*, pour faire beau. Juste pour faire beau.

— Ah.

Elle nous regarde longuement, Laurie et moi, avant de repartir, visiblement déçue. Nous avons facilement contrôlé notre envie de pouffer de rire, sachant que nous allions regretter après coup de ne pas lui avoir fait croire que ce machin répand des ondes positives dans tout le magasin, et de ne pas le lui avoir vendu dix fois le prix par la même occasion.

Conseil de survie # 24

Faites-nous confiance. Une grande partie de la population présume que les employés dans les boutiques ne connaissent rien. C'est souvent la vérité. Mais vous êtes encore plus ignorants que nous le sommes. C'est ainsi que nous pouvons vous faire croire n'importe quelle connerie, pour peu que nous vous la disions d'un ton assuré. Faites-nous confiance quand même.

C'est vraiment un petit miracle que de se remettre à apprécier son travail après avoir passé tant d'années à se convaincre qu'il est sans intérêt. Bien sûr, il faut passer outre au pourcentage assez élevé de clients indésirables. Les gens à qui je raconte mes histoires, s'ils n'ont jamais travaillé dans une boutique, ne croient pas un mot de ce que je raconte. Oui, il y a des clients qui se pissent dessus. Qui bavent. Qui postillonnent sur nos vêtements. Qui puent de la bouche. Qui puent de partout. Qui n'achètent que ce qui a de bonnes critiques, coupures de journaux à l'appui. Qui nous interpellent en sifflant ou en claquant des doigts. Qui portent plainte parce que notre «musique de jeune» joue trop fort. Qui éclatent d'une crise d'épilepsie devant le comptoir. Qui jettent leurs saletés par terre. Qui pètent. Qui rotent. Qui volent. Qui écoutent encore du nouvel âge. Il est dur d'imaginer ce genre de trucs.

Pour garder notre bonne humeur, nous jouons à notre jeu favori, essayer d'inclure le plus rapidement possible un mot incongru dans une conversation avec un client. Il faut y penser longtemps pour inclure le mot « similicuir » dans la réponse, quand un client nous demande si un disque est bon. Laurie a gagné quand un mec lui a demandé s'il devait acheter le nouvel album de PJ Harvey ou celui de Garbage. Elle a répondu : « PJ Harvey, c'est le cuir, Garbage, le similicuir. » Fugace. « L'écoute de ce disque ne laisse qu'un souvenir fugace. » Aouch. J'ai gagné, mais le client n'a rien compris de ce que je lui racontais.

Ce disque rappelle tellement l'été qu'on se mettrait en *monokini*. Il a beau être mystérieux comme un *sphinx*, ses chansons restent faciles à comprendre. Un album si coloré que même un *daltonien* le voit en couleurs ! On peut passer facilement la journée à débiter ce genre d'idioties, ça fait changement de notre radotage habituel de vendeur, et puis ça m'évite de trop penser à Ève. Ève qui travaille ici demain. Que fait Ève en ce moment ? Ève s'éveille ? Ève lit ? Ève sirote un café ? Ève sous la douche ? Ève à la plage ? Ève pense à moi ? Plus que quatre jours avant ma fin de semaine avec Ève. Ève aux sports d'hiver.

□ □ □

Plus que trois jours avant ma fin de semaine avec Ève.

□ □ □

Plus que deux jours avant ma fin de semaine avec Ève.

□ □ □

Plus qu'une journée avant ma fin de semaine avec Ève.

□ □ □

La ressemblance entre une Chevrolet Caprice familiale plaquée de similibois et un cercueil est étonnante, même vue de l'intérieur, assis sur le cuir beige. Je m'étais résigné à y finir mes jours, mais non, la mort m'a épargné une fois de plus. Nous arrivons, vivants, au chalet. Jenn, la colocataire d'Ève, laisse son bolide zigzagant s'arrêter dans un tas de neige, il me semble apercevoir une aile de la voiture atterrir dans un sapin.

Je l'aide à extirper ses machins extrêmes de la valise, elle me demande de sortir tout ce qui n'a pas de roulettes. Ces trucs me semblent rudement endommagés, comme s'ils étaient régulièrement en contact brutal avec des sapins ou des camions à neige. Je l'interroge du regard, un sac étrange à la main. Non, non, qu'elle me dit, nous n'aurons pas besoin du parachute aujourd'hui. Ah bon. Avoir su que ce truc traînait dans la voiture, je l'aurais sûrement enfilé pendant le trajet.

J'entre dans le chalet et pousse un discret soupir de soulagement en repérant le foyer et le tas de fauteuils. Voici l'endroit d'où je pourrai attendre sagement que ces gens à moitié fous reviennent des pentes ou de l'hôpital ou ne reviennent jamais plus. Jenn nous informe que Tommy, Steve, Kevin et

Mélissa sont déjà sur les pistes. Non, non, m'assure-t-elle, ils sont tous francophones, pourquoi donc? Bah, pour rien.

Voilà qu'elle se déshabille, innocemment, elle balance ses vêtements un peu partout et se retrouve devant mes yeux éblouis en camisole et sous-vêtements blancs. J'aperçois jusqu'aux contours d'un anneau à son mamelon droit. Mon sourire étonné me fait mal aux oreilles, j'essaie tant bien que mal de le réduire de moitié. Je crois entendre bouillir mon liquide céphalo-rachidien, mais ça doit être mon imagination. Elle enfile ses vêtements extrêmes aux couleurs criardes, ouvre la porte et bondit, une planche à la main, en nous hurlant « venez-vous-en ! » Les pompons de sa tuque virevoltent en tous sens. Elle est déjà loin quand Ève referme la porte. Mes yeux reprennent leur taille normale.

Nous décidons d'aller marcher, l'idée que nous nous faisons du sport extrême est sensiblement la même : passer une petite heure dehors pour justifier ensuite notre envie d'allumer un feu de foyer, en buvant du café dans des bols immenses. Je ne vais certainement pas essayer d'impressionner ces gens avec mes prouesses sportives, étant donné que tout ce que je sais faire sur les pistes enneigées, c'est de me demander ce que je fais là en me jetant sur les côtés avec de petits cris de lapin effrayé chaque fois qu'un sportif passe à grande vitesse.

Nous marchons d'abord sur les petites routes, ensuite sur les sentiers, mais chaque personne que nous croisons nous observe d'un air dégoûté en devinant que nous sommes des imposteurs, des urbains. De la tuque jusqu'aux bottes, notre accoutrement dévoile que nous ne sommes pas des *extrêmes*. Pour éviter de choquer les gens, nous quittons les sentiers. Nous avançons au hasard, de la neige jusqu'aux genoux, en constatant que moins il y a d'arbres, de sapins et de rochers, moins il y a de gens. Comme si descendre des pistes sans obstacles mortels n'intéressait personne.

Le ciel est d'un blanc immaculé, je distingue à peine la ligne d'horizon, je plisse les yeux sous la lumière aveuglante. Le soleil caché sous le mur de nuages donne au paysage un éclat surnaturel. Il n'y a plus que du blanc, peu importe où je pose le regard.

Ève m'apparaît soudain, en plein milieu de cette absence de décor, comme si elle avait aspiré tout ce qui m'entoure pour mieux m'offrir son sourire détendu et ses yeux rieurs, presque cachés sous sa tuque. On dirait que l'air se réchauffe quand elle s'approche. Encore mon imagination, sans doute.

Elle compresse un petit tas de neige et me le lance. Je reçois la boule glacée en plein dans les couilles et je m'écrase par terre dans une position fœtale, en râlant discrètement (pour ne pas déranger notre bonheur). Elle court vers moi, embarrassée, et se penche pour voir l'étendue des dégâts. Je reprends mon souffle en me massant le bas-ventre. Je ferme les yeux pour mieux profiter de ce moment de félicité, souriant comme un lépreux guéri par Jésus. Je ne sais jamais trop comment les prendre, ces moments, il n'y en a pas souvent dans une vie, alors je reste là, silencieux au fond de mon nid. On me retrouvera congelé dans mille ans, «nos ancêtres étaient des imbéciles heureux», dira-t-on, avant de me disséquer pour le progrès de la science.

Je me relève, finalement, déçu qu'elle ne m'ait pas rejoint dans mon abri. Nous retournons au chalet, en partie parce que nous avons faim, en partie parce que nous commençons à geler dans nos vêtements mouillés. Je ne sens plus mes jambes et j'ai les couilles ramassées sur elles-mêmes. Je retrouve le chemin aisément, soucieux d'éviter l'amputation de mes trois membres inférieurs.

Nous arrivons dans le chalet parsemé de bottes, de planches mouillées, de boîtes de pizza et de jeunes porcs s'empiffrant devant la télé. Les présentations se font rapidement, chacun y allant d'un grognement distinctif au moment où la fille du groupe le nomme. Je les oublie au fur et à mesure qu'elle nous les énumère. J'oublie le nom de la fille aussi. Quelque chose en « a » il me semble (Bertha ? Mimosa ?), c'est une brunette rieuse aux cheveux longs et luisants. Quelques trous et anneaux. Ève lui demande où est Jenn. « Jacuzzi », qu'elle répond, avec un horrible faux accent italien. *Djiacouuudzi.* Ève se dirige vers l'escalier pour aller la voir. « Pas seule », que la fille en « a » précise (Maria ? Kamouraska ?), la voix pleine de sous-entendus salaces.

Nous trouvons de la place pour nous asseoir, chacun sur un bout de fauteuil, et un des porcs extrêmes, celui qui semble être leur chef (c'est lui qui a la télécommande), nous indique les boîtes de pizza avec un pied. Difficile de résister à pareille invitation. Nous nous servons timidement. C'était la bonne chose à faire, plus personne ne prête attention à nous, occupés qu'ils sont à vouer un culte au dieu télé. Le porc entre Ève et moi sur le divan (Porc Adjoint) penche sa tête d'un côté et de l'autre pour se faire craquer le cou. Kroc. Krak. Il renifle comme un taureau en même temps. Rhhhonk. Krok. Rhhhonk. Krac. Tout ça entrecoupé de quelques rots bien sentis buaarp, dans le vacarme de la télé qui diffuse un reportage sur le ski acrobatique. À chaque saut qu'il voit à l'écran, Porc Adjoint hausse les sourcils en disant « pffft ! » pour bien signifier que sauter aussi haut à cette vitesse et atterrir dix kilomètres plus loin sans se blesser, *y a rien là.*

Tout ça commence à me déprimer sérieusement. Je regarde Ève par-dessus la tête de Porc Adjoint, au moment où il se penche de côté pour se décoincer une vertèbre cervicale, et d'un sourire complice elle se rallie à moi. Nous nous levons d'un seul bond pour aller nous réfugier à la cuisine. Une bière, voilà ce qui nous fera du bien. Jenn nous rejoint, les cheveux mouillés, vêtue seulement d'une serviette de bain. Très courte. Très mince. Penser à autre chose, mais à quoi? Sortir les bières.

— Aaaaah ça fait du bien!

Nous ne trouvons rien à répliquer, ne sachant trop si elle parle du jacuzzi ou de la séance de sexe avec l'autre mec. Elle dit ça en étirant très haut les bras dans les airs, klonk, un bruit d'omoplate qui se replace. La serviette tient par magie. Je souffle un peu dessus pendant que les deux filles discutent, mais non, elle ne veut pas tomber.

— Salut, *men*, dit l'autre mec, arrivant lui aussi dans la cuisine, sans se présenter ni même demander qui nous sommes.

Il s'adresse à moi en disant «*men*» comme si j'étais plusieurs, en appuyant bien sur le «e» et en l'étirant à outrance. Il lève les bras en l'air en faisant une petite gigue, pieds pointés sur les côtés, et des bruits de trompette fpout piiip et de percussion ompah ompah avec la bouche. Je crois reconnaître une polka. J'attends calmement qu'il finisse. Il ouvre le frigo en fredonnant sa chanson, s'empare de quelques bières et s'en va rejoindre les autres extrêmes au salon. Jenn se penche dans le frigo et trouve un sac de mini-carottes préparées,

sélectionnées, lavées, miniaturisées, désinfectées, antibacté-
riennes, douces pour les mains, blanchissant les dents et
combattant la mauvaise haleine dans le tiroir à légumes. Sa
serviette lui remonte jusqu'en haut des fesses. L'effet est
instantané, heureusement personne ne semble avoir entendu
le bruit de mes *boxers* qui se déchirent.

J'ai grand besoin d'aller me passer un peu d'eau fraîche
sur le visage.

Je croise Porc en chef qui sort de la salle de bains, on s'envoie
des petits sourires artificiels en levant nos bières, sans trop
savoir quoi dire.

— Voulez-vous d'autre pizza?

Est-ce qu'il vient de me vouvoyer, ce con? Je regarde derrière moi pour voir s'il y a quelqu'un d'autre. Non, non, je suis
seul. L'espace d'une seconde, je me vois clairement empoi-
gnant ma bouteille par le goulot, la cassant en deux et lui
ouvrant les tripes avec les rebords tranchants, dans le bon
vieux style des bagarres de taverne.

— Tu peux me tutoyer, *men*, j'suis pas ton père. J'ai eu
assez de pizza, *men*, merci.

—O.K., *men! Cool!* qu'il me répond en bougeant la tête
d'avant en arrière comme un pigeon.

Il me cède la place, nullement embarrassé de l'odeur nau-
séabonde qu'il a laissée là-dedans. Je me tapote les joues avec

un peu d'eau, comme si ça pouvait suffire à dissiper mes pensées lubriques (Ève, moi, jacuzzi). Bon. J'y vais carrément, la tête sous la douche. J'entends «Block Rockin' Beats» des Chemical Brothers qui décolle en faisant vibrer les murs. Je dégoutte dans l'escalier, pressé d'aller voir ce qui se passe.

Porc Polka nous prépare un feu. Trois boulettes de papier, quelques brindilles, deux bûches, une seule allumette, et voilà que tout ça se met à crépiter joyeusement. Ce dingo a des talents cachés. Il se relève, triomphant. Crunk, crunk (ses genoux). Les porcs sont tous debout et gesticulent pour reproduire leurs exploits de la journée. Je fais semblant de m'intéresser à leurs trucs même si je n'y comprends rien, allant même jusqu'à me mordre la lèvre du bas avec un air ahuri dans les moments les plus intenses. Stupéfiant. Grandiose. Transcendant. Jenn me pose des questions au sujet de la boutique en se roulant un joint. Pour elle, j'ai le travail le plus *cool* du monde.

Je sens qu'on m'observe, alors je lève les yeux et je croise le visage rieur d'Ève, qui s'assure que je me débrouille bien parmi les «extrêmes». Je lui souris d'un air entendu. Ma capacité à ingurgiter de la bière et à fumer de l'herbe tout en restant lucide semble vraiment les impressionner. Je leur dis que je pourrais en fumer trois comme ça et leur réciter de mémoire quelques poèmes de Paul Eluard sans me tromper.

De qui?

Oups, citation savante. Pour me rattraper, je leur mime un truc vulgaire en faisant des bruits de flatulence avec la bouche. Ils rient. Sauvé.

Je n'ai jamais su pourquoi, mais la marijuana ne me procure aucun effet. La bière, par contre, commence à m'engourdir. Je rejoins les filles qui dansent devant le feu et je m'ébroue un peu en leur compagnie. J'ai une fameuse réputation dans ce domaine, et de les voir contempler mon corps élastique et mes fesses rebondies s'agiter dans tous les sens contribue à rendre les porcs un peu jaloux, eux qui réussissent à peine à bouger les bras et à hocher la tête, manque de motricité probablement dû à tous les os cassés, réparés et recassés qu'ils ont dans le corps. Chaque fois qu'Ève me parle, je fais mine de ne rien comprendre, pour le plaisir de la voir s'approcher, me prendre par le bras ou l'épaule et se coller le visage dans mon cou.

L'alcool, les sportifs, le chalet, les jolies filles qui dansent, tout ça me donne l'impression de figurer dans une publicité de bière. J'attends la voix hors champ qui nous dira : « Tant qu'à en prendre une, prends-en donc une caisse. »

Essoufflé par mes déhanchements frénétiques, je me cherche un coin de divan et je constate que les porcs ont fermé la télé. Ils regardent leurs montres, bâillent un peu, comme si l'absence d'un signal télévisuel leur enlevait toute énergie. Par réflexe je regarde l'heure aussi, déjà trois heures du matin. Le signal semble donné, tout le monde se dirige pêle-mêle vers le peu de lits disponibles, je regarde Ève, désemparé, je ne l'ai même pas consultée pour savoir si on couch… Dormait ensemble. Un manque total de coordination fait que nous nous retrouvons dans la chambre minuscule, dans un des lits pour enfants pygmées nains. Je me couche au fond (côté chiottes) et Ève réussit à s'installer, à peu près à côté de moi et un peu par-dessus. Sensation délicieuse. La petitesse du lit m'apparaît soudain comme un avantage.

Et bien sûr tous ces gens y vont de leur petite douche, et hop, un petit besoin naturel, on se gargarise, on se mouche, on trouve même le moyen de faire du bruit en se curant les oreilles. Porc Adjoint entre dans la chambre, regarde son lit en se grattant la tête et nous salue, comme s'il partait pour un long voyage. Il tente ensuite de s'installer sur son matelas, nous assistons stupéfaits à dix bonnes minutes d'effort soutenu pour ne pas laisser dépasser un seul membre hors des couvertures. Il tourne, roule, se tord, tire, pousse, râle, se coince la tête entre le mur et le matelas, glisse, gratte, agrippe, se jette sur, grogne, gigote, arrache, mord, bave, jappe, étire, soubresaute, soupire, ralentit, s'immobilise. Enfin. Il va sûrement tomber par terre, mais pour l'instant le calme est revenu. J'espère qu'il ne va pas ronf…

Il ronfle. Bien sûr. Comme dans les dessins animés. Je tends ma main et je tire un peu le rideau pour laisser la lune éclairer le visage d'Ève (la pièce est si petite qu'en m'étirant je pourrais tout autant allumer la lumière, ouvrir la porte, mettre deux doigts dans le nez de Porc Adjoint ou dévisser l'ampoule du plafonnier). Elle ne bouge pas, je crois qu'elle dort déjà elle aussi.

La pureté de son visage me fascine, je serais capable de passer la nuit à détailler le moindre cil, le moindre bout de peau de sa nuque, où l'envie de poser mes lèvres m'obsède. Je me rapproche un peu de son corps, elle pousse un petit gémissement et colle ses fesses sur ma jambe. Je me crispe et je ne bouge plus. Mmmmm. Je me concentre sur ma jambe. Je deviens ma jambe. Je ferme les yeux pour mieux sentir sa chaleur et la moindre particule de son corps collé au mien.

Je m'aperçois que je retenais mon souffle, alors je recommence à respirer. Ses odeurs de pêche et de miel m'enivrent et m'étourdissent, j'aspire en essayant d'imprégner ses effluves excitants dans ma mémoire.

Incapable de dormir.

Au moins j'aurai essayé. Je m'extirpe du lit en douceur, me contorsionnant au-dessus d'Ève, en équilibre sur le pied gauche, cherchant un appui avec le droit. Je prie pour qu'elle ne se réveille pas en ce moment, je risquerais de lui crever un œil avec ma bite au garde-à-vous. Et puis j'en aurais pour des heures à essayer de lui expliquer ce que je foutais là, penché sur elle avec cette chose à quelques centimètres de sa bouche. Je réussis enfin à poser les pieds au sol, évitant de peu une crampe dans un mollet. Je fouille dans mon sac et je descends à la cuisine avec un bouquin, passant devant Jenn et Porc Polka, endormis l'un sur l'autre comme des hamsters dans le divan-lit du salon. Je ferme les portes de la cuisine et je m'installe aussi confortablement que possible. Page 43.

J'ai à peine le temps de lire une page que j'entends du bruit à l'étage, juste au-dessus de ma tête. Ève ou Porc Adjoint. J'essaie de suivre les mouvements, salle de bains, chasse d'eau, escaliers…

Ève pointe son joli nez dans la cuisine. Le regard brumeux mais souriante. Elle se gratte une fesse. Elle bâille. Elle est superbe même quand elle bâille ou se gratte une fesse. C'est stupéfiant. Elle se fait couler un verre d'eau et je trouve ça beau.

— Bonjour, qu'elle me dit, un peu plus réveillée.
— Allô.
— J'arrive pas à dormir non plus…

J'hésite à lui demander si elle dormait quand elle s'est collé les fesses sur mon corps. Ou quand j'ai failli l'embrocher avec ma verge. Elle poursuit :
— … C'est pas facile de dormir à côté d'une tondeuse à gazon. C'est bon ?

Elle indique mon livre d'Eduardo Mendoza.

— Pas mal, c'est drôle. Ça se passe à Barcelone. J'irais bien à Barcelone.

(Avec toi.)

— Aaaah! Barcelone! Mon rêve! J'essaie de ramasser de l'argent pour y aller l'été prochain. Je veux aller voir le musée Dali à Figueres, la maison de Dali à Port Lligat, le monastère de Montserrat, il y a tellement de trucs à voir!

Je vends tous mes meubles, partons demain. Ne revenons jamais.

— Moi aussi, j'aimerais bien aller en voyage bientôt. (Mais bien sûr! Argent amassé : 0 $. Rêve toujours, mon gars!)
— Une destination en particulier?
— Je sais pas trop (Barcelone!), l'Europe sûrement (Figueres!), mais je sais pas par où commencer (Port Machin!).
— Moi, j'ai décidé de plus attendre un copain pour y aller, mon ex me disait toujours «oui, oui, on y va l'été prochain», mais il finissait par dépenser l'argent pour une bagnole, des accessoires pour la bagnole, toujours la bagnole. Il a plus de photos où il pose avec sa stupide voiture qu'avec moi. Quand je l'ai foutu à la porte, je l'ai prévenu que sa belle voiture allait pas torcher son linge et préparer son souper. Il a résolu le problème, il est retourné chez sa mère.
— Pour moi c'est la même chose, soit elle avait l'argent pour voyager mais pas le temps, soit elle avait enfin le temps mais plus d'argent. Alors on remettait ça à plus tard, et on

remettait ça encore. On parlait de Paris la première semaine qu'on était ensemble. On en parlait encore après cinq ans et puis un jour on a arrêté complètement d'en parler. Il y avait plus de rêves, plus de couple, seulement deux personnes partageant un lit et les tâches ménagères. J'ai jamais vu Paris, mais j'ai jamais manqué de papier cul.

— C'est fou à quel point on peut se laisser mourir dans un couple. Je me suis promis de plus jamais faire ça.

— Être en couple?

— Non, idiot! De m'attendre à réaliser tous mes rêves en couple. Si je suis avec quelqu'un qui aime pas voyager, ça va pas m'empêcher de visiter la planète. Et puis, de toute façon, je serai plus jamais avec quelqu'un qui aime pas voyager.

(Soudain, un élève au fond de la classe lève la main. Oui, petit, dis-nous ton nom et ta question. «Mon nom, c'est Daniel, m'dame, est-ce que je peux visiter la planète avec vous, m'dame? S'il vous plaît, m'dame? Dites? Hein? Hé? Ho? Dites?»)

— Je cherche quelqu'un de plus mature, ça, c'est certain, qu'elle me dit.

Daniel J., trente ans, mature, propre, sobre et jovial, me voici me voilà.

— Tu vois, moi c'est le contraire, mon ex était mature et expérimentée, c'est comme si elle avait tout fait avant de me rencontrer et qu'elle était avec moi pour se reposer. Elle avait trop vécu pour moi. J'avais souvent l'impression d'être un adolescent attardé quand j'étais avec elle.

Homme, trente ans, cherche femme plus jeune. Femme, vingt-trois ans, cherche homme plus vieux. Non, mais qu'est-ce que nous attendons pour nous sauter dessus?! Elle finit son verre d'eau et regarde l'heure. «On va dormir?» qu'elle me demande.

Allons-y.

Nous réussissons à retourner au lit sans réveiller tout le monde. Porc Adjoint produit maintenant des bruits d'hélicoptère en difficulté. Ève frissonne en se glissant sous les draps. Elle murmure un petit «j'ai froid» d'une voix grelottante, alors je me colle, je crois que j'ai sa permission. Je lui réchauffe (caresse) le dos et le bras droit, couché en cuillère derrière elle. Je m'endors, bienheureux, le nez dans ses cheveux.

□ □ □

C'est l'odeur de café qui me réveille. Porc Adjoint n'est plus dans la chambre, je suis seul avec Ève qui dort la tête appuyée sur mon cœur, nichée dans le creux de mon bras. C'est le genre d'instant magique que j'aimerais voir durer mais bon, avec mon bras sous sa tête, engourdi et douloureux à la fois, mon dos appuyé au mur dans un angle étrange et mes pieds gelés qui dépassent des couvertures, je ne pourrai pas garder la pose bien longtemps. Je prends soin de ne pas la réveiller en sortant du lit, je lui donne un chaste baiser sur la tête, ni vu ni connu, et je piste l'odeur de café jusqu'à la cuisine. Les extrêmes sont déjà tous là, s'empiffrant de rôties au pain blanc dégoulinantes de caramel. Jenn me salue gentiment et me sert une tasse de café brûlant.

— Bien dormi?

Si j'ai bien dormi? Avec Ève dans les bras, je dormirais vingt-quatre heures sur vingt-quatre! J'en ferais une profession! Je battrais tous les records! Je réponds sobrement «oui, merci» et je me fais une place à la table. Rôties au choix, beurre, caramel, ou les deux. Jus d'orange pouvant contenir sucrose et/ou glucose et/ou fructose et/ou machinchose.

Eurk.

Je me prépare une rôtie au caramel, ce n'est pas comme si j'avais un choix infini, j'aurais dû me méfier quand Jenn nous a suggéré d'apporter seulement de quoi souper le deuxième soir, qu'ils s'occupaient de tout le reste. J'entends qu'Ève vient de se lever et je ferme un instant les yeux pour me remémorer l'odeur de ses cheveux et sa respiration légère dans mon cou. Je constate avec étonnement que mon estomac se noue un peu plus à chaque pas qu'elle fait dans l'escalier. J'ai les mains moites et je m'agite sur ma chaise. Bon sang, mais qu'est-ce qui m'arrive?

Elle entre dans la cuisine et je ne vois plus qu'elle. Jenn se lève et lui offre une tasse de café, elles s'assoient ensemble à l'autre bout de la table. Je secoue la tête pour sortir de mon état cataleptique. Je cligne des yeux avant qu'ils ne sèchent définitivement. Elle inspecte notre déjeuner d'un œil dédaigneux et tourne son visage vers le soleil, qui lui arrive droit sur la tête. Elle ferme les yeux un instant, en soupirant de plaisir à sentir la chaleur sur ses joues. Elle ouvre les yeux, dépose son café et se beurre une rôtie. Elle prend une bouchée. Grimace. Me regarde enfin.

Elle mâche lentement, un sourire aux lèvres, et plonge ses yeux dans les miens avec une assurance qui me déstabilise.

J'ai chaud.

Partout.

La force de son regard est telle que c'est comme si elle éclipsait le décor, exactement comme la veille, lorsqu'elle était seule dans la neige. Je ne vois plus qu'elle. Il n'y a plus qu'elle. Nous voilà seuls au monde. Ses grands yeux verts me dénudent, me lient à elle par un fil invisible passant au-dessus de la table, devant les extrêmes indifférents. Mais qu'est-ce qu'elle est belle, bon sang !

Gorge sèche.

C'est à peine si je remarque le caramel de ma rôtie qui me coule entre les doigts. Je suis une guêpe hallucinée qui se jette sur l'ampoule. Son regard étourdissant est une main monstrueuse qui me palpe et me tord, me tire et me secoue, me triture et me broie, me malaxe et me griffe, me fouille et m'ébranle, je suis un avion de papier offert à la tempête, un bateau pirate qui s'éclate sur les rochers, et je sens que lentement je…

◻ ◻ ◻

Oui, lentement je…

◻ ◻ ◻

Phase 5

Phase dite du *lemming qui se balance en bas de la falaise comme tous ses amis lemmings, prouvant ainsi qu'il n'a rien compris dans la phase 4.*

Elle est mon côté sombre, ma toxine
La muse qui m'assassine
Quand elle se déhanche, décadente
Elle me tente et m'enchante.

Alex *(Bukowski au lit, 1996)*

Couché, debout, assis, sous la douche, sous la table, je ne m'en sors pas. Je pense à elle. Partout. Tout le temps.

Les principes de l'homme, quand il s'agit d'amour, fondent telle une montre molle au soleil. En abandonnant Sophie, je m'étais donné comme principe de ne plus me laisser tenter par les relations stables. Rien de compliqué comme philosophie, quelque chose de vraiment facile à suivre, une seule règle : ne pas s'attacher. Et comme Fernand Montagne le dit dans son roman *L'amour est un crime que je n'ai pas commis :* « Dès qu'elles m'aiment, j'sais pas ce que j'ai, j'leur fais l'amour tout croche, ces maudites-là. »

Baiser, prendre un verre, discuter un peu, et si la fille semble vouloir tenter un rapprochement sentimental trop poussé :

foutre le camp. Rien de trop contraignant, une simple phrase qu'on peut répéter à tout moment : ne pas s'attacher. Et pour m'aider, simplement me souvenir que mes relations amoureuses sont toujours basées sur le même modèle. Le modèle Fiasco™.

Exemple type du modèle Fiasco™

Semaine 1 : Je passe des heures à l'embrasser. Baiser n'est pas urgent.

Semaine 2 : Nous baisons partout, tout le temps, avec urgence.

An 1 : Nous baisons, nous apprenons à nous connaître, nous dire « je t'aime » n'a rien d'urgent. Il n'y a qu'elle qui m'attire.

An 2 : Nous baisons moins, mais nous nous aimons profondément. Nous avons beaucoup de projets. Elle m'attire, évidemment.

An 3 : Baiser n'est pas si important. L'amour est l'essentiel. Nous avons de vagues projets. J'aimerais savoir si j'attire encore les autres filles.

An 4 : Baiser ? On se dit « je t'aime » tout le temps. C'est comme un tic nerveux. Il me semble que nous avons un projet, je ne me souviens plus quoi, un truc à repeindre, probablement. Je suis encore attirant, j'ai confirmé la chose avec une fille rencontrée dans un bar et tripotée dans une ruelle.

An 5 : Je t'aime, je t'aime, bla bla bla, etc. Projet : Baiser. J'ai vu un trois et demi à louer pas cher, idéal pour personne seule.

An 5 (suite) : Le trois et demi à louer est une vraie chiotte, mais je n'avais pas le choix, je devais partir. Je n'aime plus personne. Je n'attire plus personne. Je n'ai aucun projet. Je vais mourir seul. Je suis une loque humaine.

(Recommencer du début, au moins trois ou quatre fois dans votre vie, jusqu'à ce que la mort sonne à la porte, vous conseillant de prendre un manteau car vous partez pour un long voyage.)

Pourquoi suis-je incapable de m'en tenir à un principe aussi simple ? Pourquoi ai-je envie d'une relation ? Toutes les chansons que j'écoute parlent soit d'un amour qui a mal fini, soit du plaisir qu'on éprouve à coucher avec plein de filles différentes. N'est-ce pas dans les chansons qu'on apprend à vivre ?

Il y a pourtant à Montréal un nombre anormalement élevé de filles jolies, sympathiques et désirables. Je n'ai qu'à me poster devant le hublot de mon appartement (sur la pointe des pieds) pour en voir passer des dizaines sur le boulevard Saint-Joseph. Voilà une rouquine pulpeuse avec une allure d'intellectuelle, adorable. Une gothique mince aux longs cheveux noirs et au teint pâle avec de longues jambes couvertes de bas de nylon rayés, sexy. Une petite sportive au nez retroussé avec une tuque et un suçon, aguichante. Une brunette fin de trentaine expérimentée poussant un carrosse, séduisante. Elles ont toutes un petit quelque chose qui fait que j'aimerais leur parler, voire leur toucher, renifler leur parfum, me laisser bercer par leur voix douce, passer des nuits blanches à me faire raconter qui elles sont, quel genre de conneries elles ont faites à l'adolescence, qu'est-ce qui les angoisse, qu'est-ce qui les pousse à devenir meilleures. Alors quel est cet étrange phénomène qui fait que dès que je ferme les yeux je n'en vois plus qu'une? J'essaie.

Yeux fermés : Ève.

Yeux ouverts : une blonde charmante glisse sur une plaque de glace et risque de tomber devant mon hublot. Elle disparaît de mon étroit champ de vision en s'agrippant aux clôtures.

Yeux fermés : Ève.

Yeux ouverts : une grande aux cheveux châtains courts ramasse une poignée de neige en riant, forme une boule compacte et balance le tout à un adversaire que je ne vois pas.

Yeux fermés : Ève.

J'ai eu l'heureuse idée d'expliquer cette situation délicate à Nancy dès les premiers signes d'attachement (elle appelait «pour rien en particulier, juste pour jaser»). Elle a plutôt bien pris la nouvelle, elle comprenait enfin pourquoi je devenais mal à l'aise et distant. Je n'osais plus trop coucher avec elle, parce qu'au moment de l'orgasme j'ai tendance à fermer les yeux. Pour me déculpabiliser, je la laisse me traîner à des spectacles de danse contemporaine. Elle croit que j'aime ça. Quand j'en ai vraiment marre, je ferme les yeux quelques secondes.

Il ne me reste plus qu'à avouer mes désirs à Ève, étant donné qu'elle est relativement impliquée dans cette affaire. Chaque fois que je parle à Nico, Alex ou n'importe qui d'autre nous ayant vus ensemble tous les deux ne serait-ce qu'une minute, je me fais dire quelque chose du genre : «Non, mais qu'est-ce que t'attends pour te jeter dans ses bras, espèce de pépère craintif et paranoïaque, qu'elle te demande en mariage?»

Non, non, ce n'est pas ça. C'est juste que je travaille avec elle, alors si jamais je tente quelque chose et je me rends compte que l'attirance n'est pas réciproque tout ça devient embarrassant et puis je ne veux pas la mettre mal à l'aise je suis son patron tout de même et ces histoires de mecs qui abusent de leur statut hiérarchique pour séduire leurs employées ça ne paraît pas toujours bien c'est même un peu dégueulasse et puis aussi il y a le fait que je…

Pépère craintif et paranoïaque, oui.

Et elle, hein, elle? Pourquoi elle ne les ferait pas, elle, les premiers pas?

Parce qu'elle les a déjà faits, idiot.

Hein? Ho? Qui a dit ça? Qui est là? Sortez! Sortez de chez moi! Qui se cache dans mon un et demi? Allez-vous-en!

Bon, O.K., admettons qu'elle ait fait les premiers pas. Ça va, petite voix dans ma tête, tu as raison, je te l'accorde, oui. Bravo. Mais comment puis-je faire les quelques pas qui nous séparent encore sans tomber dans un trou, mettre le pied sur un râteau, frapper un mur? Je cherche une main secourable pour me sortir de ma noirceur. J'attends que le destin ou le hasard ou le vaudou ou les prières au p'tit Jésus m'extirpent du fond de ce trou. J'ai la frousse, je suis infect, je suis un fou, je suis aux femmes, je suis insecte, je suis enfoui sous ma paillasse humide, tissée de mes peurs et des occasions ratées. Je veux goûter ses lèvres. J'ai le vertige.

Avec Nancy ce serait si simple. Elle me désire et je le sais. Elle n'attend qu'une de mes rechutes dans son lit pour m'agripper. Quand la trentaine débarque, avec ses déceptions et ses choix qui se raréfient, il est facile de se laisser glisser dans le bain chaud parfumé à la lavande et rempli de mousse des relations tranquilles.

Mais Ève ? Est-ce que je veux vraiment qu'Ève devienne une « amie intime » et qu'elle passe des journées au travail à me raconter les détails de ses relations foireuses avec des connards qui ne l'aimeront pas ? Arg.

Et si je les oubliais toutes les deux ? Peut-être qu'une troisième fille dans tout ce bordel serait une bonne solution.

Et pourquoi pas un concours, espèce de débile ? Un défilé de gonzesses en maillots de bain où tu pourrais voter pour ta préférée ?! T'es vraiment rendu dingo !

Putain. Ma conscience est vraiment dure avec moi. Un jour elle va m'attirer dans une ruelle pour me péter la gueule.

Ça sonne à la porte. J'émerge de ce brouillard malsain, j'ignore depuis combien de temps je suis là, assis sur le bord du lit, le regard vide et la chemise à demi boutonnée, les doigts sur un bouton.

C'est décidé, je m'offre à celle qui vient de sonner. Si c'est Ève, eh bien tant mieux. Si c'est Nancy, tant mieux aussi. Si c'est une fille qui veut m'abonner à un club du livre, soit. Je l'aimerai aussi. Une maigrichonne de Greenpeace, j'accepte. Qui que tu sois, c'est avec toi que je passerai ma vie. Je m'en remets aux mains du hasard. Oh, hasard ! Dieu des athées ! Donnez-moi aujourd'hui une femme à aimer !

C'est Alex.

Putain.

Ce n'était pas prévu, ça. Je n'ai pas le temps de bloquer la porte avec mon pied, il entre et jette son manteau sur le divan. Il me demande sans conviction comment je vais, je sens bien qu'il attend que je lui demande la même chose pour me raconter ce qui lui arrive. Je constate qu'il est venu ici à la hâte, il n'a pas de café à la main. Il prend une bonne respiration et me regarde de très près pour que je voie dans le blanc de ses yeux le drame qui le bouleverse. Ses mains se referment solidement autour de mes bras. Il se rapproche encore. J'espère qu'il ne va pas m'embrasser. Avec la langue. Le hasard m'écœure.

— Je l'aime. J'aime cette fille. J'aime une fille. J'aime Sandrine. Oui, je l'aime. J'aime. Cette fille. Je.

Venant d'Alex, prix Goncourt catégorie « aventures sexuelles avec filles du Plateau-Mont-Royal » trois années de suite, cette déclaration a en effet quelque chose d'effrayant.

— J'ai envie d'elle. Sandrine. J'ai envie de Sandrine. Mais toutes les autres ? Comment je vais laisser tomber toutes les autres ? J'ai dit à Sandrine que je l'aime. Je l'aime. Tu te rends compte ? Je lui ai dit ça. Et en plus je le pense vraiment.

Il veut s'engager dans une vraie relation. Pour la première fois. La trentaine nous rendra tous fous. S'il ne les tenait pas enserrés dans ses griffes, les bras m'en tomberaient.

— Je veux vivre avec elle. Je veux être fidèle. Je veux pas la décevoir. Jamais. Je veux être à la hauteur. Toujours. Je veux pas que cette fille disparaisse de ma vie.

On n'en a jamais fini avec les *toujours* et les *jamais*. On y revient toujours. Après tout, il faut bien s'engager dans quelques trucs de temps en temps.

Ça sonne à la porte. Le hasard me donne une deuxième chance, je sens que cette fois ça y est. Je me dépeigne stratégiquement, j'époussette ma chemise. Je m'offre à celle qui vient de sonner. Le hasard sonne toujours deux fois.

C'est Nico.

Bordel.

Décidément, le hasard se fout totalement de mes histoires. Nicolas me demande sans conviction comment je vais, je sens bien qu'il attend que je lui demande la même chose pour me raconter ce qui lui arrive. J'ai une étrange impression de déjà-vu.

— Dis donc, Daniel, est-ce qu'embrasser une autre fille veut nécessairement dire qu'on a trompé sa copine?

Je l'invite à entrer, lui disant que ça dépend de lui. Que tout se joue dans le désir de répéter l'expérience ou non. Il salue brièvement Alex qui marche de long en large dans mon logement, qui n'est ni long ni large. Un tour de force.

— Et si je l'ai embrassée longuement, cette autre fille, en y prenant beaucoup beaucoup de plaisir?

C'est un peu tromper, ça, oui. On pourrait dire ça. Je lui en fais part. Modèle Fiasco™.

— Donc, si j'ai embrassé la fille pendant qu'on baisait, j'ai trompé ma copine, hein? *Shit!* Martine est enceinte, j'ai perdu les pédales! C'est l'idée d'avoir à m'engager en abandonnant toutes les autres filles, ça m'a rendu dingue un instant!

Alex se sent interpellé, il s'abat sur nous et saisit Nico entre ses griffes:

— Est-ce que c'est inévitable? Est-ce qu'on peut vivre une relation stable en évitant d'aller baiser ailleurs? Je veux vivre avec Sandrine, mais j'ai tellement peur de coucher avec d'autres filles par faiblesse, juste pour me prouver que je suis encore attirant!

Je ne voudrais pas être exclu de cette conversation délirante:

— Pourquoi je suis pas capable d'en finir avec les autres et de m'avouer que c'est Ève que je désire? Pourquoi je suis pas en train de la serrer dans mes bras en embrassant son cou?

Et ça continue:

— Qu'est-ce qu'on a qui marche pas, crisse?
— Pourquoi on est pas capables de devenir des adultes?
— On va-tu arrêter de penser avec la queue, maudite marde?
— Il y a sûrement moyen de faire durer une relation?
— Je veux enfin faire durer une relation!
— Il est où, le putain de manuel d'instructions des relations durables?
— J'ai peur d'être en train de la perdre!

— Je veux pas la perdre !

— Je me sens perdu !

— J'ai vraiment fait une connerie ! Martine ! Je t'aime !

— Je veux tellement pas faire de connerie ! Sandrine ! C'est toi que je veux ! Je t'aime !

— Je fais juste des conneries ! Ève ! J'ai envie de toi !

— Comment ça se fait qu'on est de même ?

— C'est sûrement de la faute à nos parents !

— C'est ce qu'ils mettent dans la bouffe !

— C'est la faute aux OGM !

— On est tous fous, câlisse !

— J'pourrais pas échanger mon cerveau contre un qui pense plus vite ?

— *Shit !*

— Merde !

— Schnoutte !

Nous nous agitons, nous gueulons en nous cognant la tête aux murs, nous nous roulons dans la fange, nous n'arrangeons rien à notre situation. Le genre de scène à laquelle il ne faudrait pas qu'une fille assiste. Trois hommes apeurés, rampant tout près du but, aveuglés par le soleil. Dans la confusion qui règne, j'enfile mes bottes sans trop y penser. Mon manteau. Une tuque. Ils ne s'aperçoivent de rien. Je les laisse radoter ensemble dans mon appartement et je cours jusqu'à la boutique. Il faut que je lui parle que je la voie que je la touche que je la respire. Mon cœur bat comme s'il voulait sortir de mon corps et s'enfuir comme une poule sans tête. Je ne lui en donnerai pas la chance cette fois ci. Il est trop rare que j'aille dans la bonne direction.

Je l'aperçois à travers la vitrine sale, l'instinct féminin ou la magie ou je ne sais quoi lui fait tourner la tête dans ma direction. Elle me balance un sourire apaisant, exactement comme si elle savait pourquoi je suis ici en ce moment. Je reprends lentement mon souffle en enlevant ma tuque, j'ai chaud, de ma bouche s'envolent de petits nuages dans ce froid d'hiver. Mon regard ne quitte pas le sien, je lui souris. Je vous jure que ses yeux brillent.

□ □ □

MEMBRE DU GROUPE SCABRINI

Québec, Canada
2005